英語
讀音與拼寫

ENGLISH SOUNDS AND SPELLING

甄沛之 著

商務印書館

英語讀音與拼寫 English Sounds and Spelling

作　　者：甄沛之
責任編輯：仇茵晴
封面設計：涂　慧
出　　版：商務印書館（香港）有限公司
香港筲箕灣耀興道 3 號東滙廣場 8 樓
http://www.commercialpress.com.hk
發　　行：香港聯合書刊物流有限公司
香港新界大埔汀麗路 36 號中華商務印刷大廈 3 字樓
印　　刷：美雅印刷製本有限公司
九龍觀塘榮業街 6 號海濱工業大廈 4 樓 A
版　　次：2018 年 1 月第 1 版第 2 次印刷

ISBN 978 962 07 0454 3
Printed in Hong Kong

前言

主旨

本書之目的，主要是幫助讀者進一步掌握英語的讀音和拼寫。讀者對象主要是中學學生和英語學習者，對英語老師也有參考價值。本書文字力求淺白，但由於部份內容涉及語言分析，要將意思表達得簡潔準確，就無可避免要用一些語言學的術語，例如音節（syllable）、重音（stress）、元音（vowel）、輔音（consonant）等。不過，這些術語在適當地方都會有解釋。

英語的讀音

英語的讀音主要指英文字單獨唸時的讀音。要將英文單字唸得準確，就先要掌握英語每個重要的音：掌握了英語每個重要的音，口語英語便有了基礎。本書指出學習英語語音的困難，並且提供一些克服困難的方法。

英文拼寫法

英文拼寫法頗為複雜。表面看來，字母跟讀音的關係並不明確，同一個字母[1]可以有幾種讀法，而同一個音又可用不同字母表示，以

---

① 一個個的字母在英文叫 letter，而整套字母在英文則叫 alphabet。

致母語為中文之英語初學者，沒信心準確唸出英文生字的讀音。但是，英文拼寫法其實不像表面看來無法則可依，因為每個英文字的字母，或多或少顯示它的讀音。本書除了介紹英文拼寫法的基本原理外，還分析一般學生學習英文拼寫所遇到的困難，並且提供解決困難的方法。

本書內容

本書首先講述如何掌握英語的讀音，然後介紹國際音標的原理及英語的語音，接着講解英文拼寫法，之後列表比較讀音和字母兩者之關係。每章後面都有練習題，可供讀者思考及練習。書中附錄以例句示範英語語音系統，並請英國人錄了音，讓讀者在學習時可收事半功倍之效。

目錄

Section I

Sounds and Spelling

第一章
如何掌握英語的讀音

要掌握英語的讀音，可首先找出自己在這方面遇到的困難，然後對症下藥，把困難一一克服。

學習英語讀音的三種困難

據筆者看，學習者學習英語讀音遇到的困難，主要有下面三種。

一、環境因素

要學好任何一種語言，最重要的是“多講、多聽”。但以香港來説，一般人的語言環境是廣東話的世界，生活中也不經常使用英語，故此英語很難説得流利。如果要英語説得流利，就要設法督促（甚至規定）自己常聽常講英語。

聽英語的機會

一般來説，通過電子媒介聽英語的機會很多；只要上網、扭開收音機、電視機的英文台，就可以聽到不同的人説英語。

有人説，英文台的英語説得太快，很難聽得明白，而且不同英語國家的人又有不同口音(accent),我們該學哪種口音才好呢?

先說英文台英語講得太快這一點,我們要明白,英語在現實生活中就是說得這麼"快"的。這種英語,是英語人士以一種普通、自然的速度說的。如果我們不能聽得明白,這表示我們在"聽英語"這方面還要切實多做練習。初中程度的學習者,可先聽專為教外國學生英語而製作的錄音光碟或影碟,使自己習慣聽英語人士的口音。高中程度的學習者,則可規定自己每日有一段時間聽英文台的新聞報告,因為新聞報告的英語是比較容易聽得明白的:如果只聽一次不大明白,可將新聞報告錄了音,有空時多聽幾次,直至明白內容大意為止。

口音方面,由於英語國家在地球上分佈的範圍甚廣,而彼此之間又無協議在口音方面要效法某地方,所以每個英語國家,都有本國之標準口音(可以不止一種)。要聽懂多種口音,當然比只聽懂一種口音的困難大,而紛紜的英語口音,的確增加了我們學習的負擔。但我們要和不同英語國家的人溝通,就要聽得懂他們的話,而要聽得懂他們的意思,我們就最好拋棄一切成見,多聽他們說英語。

至於說英語要效法哪種口音,可根據自己的需要作出選擇,例如有志往美國讀書的學習者,就可選擇效法美國的標準口音。如單就專為教外國學生英語而製作的錄音光碟或影碟來說,英國的 Received Pronunciation(普遍接受的口音,簡稱 R.P.)和美國的 General American(一般美國人的口音)是兩種最常聽到的口音,而且也是標準口音。如無特別需要,則可考慮在兩種口音之中選擇其一,作為模仿對象。

講英語的機會和學習方法

一般來説，學習者講英語的機會，遠比聽英語的機會少；亦正因為如此，學習者更要好好利用講英語的機會，例如課堂內之辯論（debates）、小組討論（group discussions）、對講（pair work）等。此外，幾個志同道合的學習者，也可規定自己每週有一兩次坐在一起，就一些預先擬好的題目用英語討論。

上述的小組討論，需要兩個或以上的人參與，較難實行。但以下一個方法，相信每個有志者都可以做到。那就是規定自己每日約花十分鐘，用英語朗讀一小段英文。如果能夠持之以恆練習朗讀，口語英語就一定會有進步。

二、語言系統方面的因素

英語屬於印歐（Indo-European）語系的日耳曼（Germanic）分支，而漢語則屬漢藏（Sino-Tibetan）語系，兩種語系很不相同。所以中國人想英語説得好，並不容易。當然，“難”與“易”是相對的説法。荷蘭語跟英語一樣，是日耳曼語的一種，所以假設其他因素一樣，荷蘭人要英語説得好，會遠比中國人容易。

發音器官的運用

英語人士説英語時，對肺、聲帶、舌頭和嘴唇的運用，有自己的一套習慣，跟中文有很多不同之處。説英語時，假如想説得接近標準，除了要模仿英語人士的發音方式外，還要摒棄很多母語習慣。

嘴唇的運用，可用肉眼觀察，學習者可將電視英文台的音量控制調至最低，細心觀察英語人士説英語時如何運用嘴唇。但肺、聲帶和舌頭（除了舌尖）的運用，肉眼卻看不到，我們只能用耳朵細心聆聽英語人士的發音，跟着再模仿他們。

語音的對比研究

語音學的知識，對學習口語英語亦有幫助。比方説，通過口語英語和廣東話的對比研究，我們可以發現兩種口語在語音上的異同，從而知道廣東人在學習口語英語時該注意的地方。

英語語音的簡略描述，以及這些語音跟廣東話的比較，可見第二章：國際音標的原理及英語的語音。

三、拼寫方面的因素

部份人的拼寫觀念十分薄弱，不大清楚字母跟讀音的關係。據筆者看，主要原因有三個：

1. 文字差異：英文字母代表比音節 (syllable)[①] 還要細小的"音素"[②]，而漢字卻代表漢語的詞或詞素[③]。由於文字差異，學習者初學英文拼寫時，相信都是只靠死記，並不認識到字母跟讀音有一定的關係。本國文字用字母（如西班牙、德國）的學習者，在學習拼寫時，相信頗早就會發覺字母跟讀音兩者之關係，他們的拼音觀念，一定比母語為中文及使用漢字的學習者強。
2. 拼寫法複雜：英文拼寫法是複雜的，字母跟讀音並非一一對

---

① 肺部肌肉收縮時，將肺內空氣壓出來，就形成音節。如 manly 有 man、ly 兩個音節，而 manliness 則有 man、li、ness 三個音節。

② 音素是語音一個很細小的單位，英語的元音如 /ə/、/eɪ/，輔音如 /p/、/k/ 等，就是音素。英語有十二個單元音音素，八個複元音音素和二十四個輔音音素。這都是英語重要的音，要分辨開來。

③ 詞素是有意義的最小語言單位，而詞則比詞素"高"一級；例如"漢語"是詞，而"漢"、"語"是詞素。

應。同一個（或一組）字母可有多種讀法，例如 a 這個字母，就有下列讀音：/eɪ/，如 face；/æ/，如 rat；/ɑː/，如 father；/ə/，如 ago；/ɪ/，如 village 等。另一方面，同一個音又常常可以有多種拼法表示，例如 /iː/ 這個音就可以用下列字母表示：ee，如 tree；ea，如 sea；ie，如 piece；ei，如 seize；i，如 police。再加上雙音節或多音節的英文字並沒有標示重音（stress）④ 的符號，所以英文字母的讀音，往往令人"丈八金剛摸不着頭腦"。現舉兩個實例説明上面的意思。evil 讀 /'iːvəl/，但 devil 卻讀 /'devəl/，不唸 *⑤ /'diːvəl/；over 讀 /'əʊvə/，但 oven 卻讀 /'ʌvən/，不唸 */'əʊvən/。

3. 缺乏口語基礎：欠缺良好英語口語基礎的學習者，遇到從沒有聽別人讀過的英文生字時，通常不知道怎樣唸才好，因為經驗告訴他們，單靠字母組成去揣摩其讀音，很容易讀錯字。他們即使聽別人唸過某字的讀音，自己亦沒有信心可以唸得同樣準確。英語國家的兒童卻沒有上述問題，因為他們基本上已經完全掌握了英語語音的系統，當碰到一個英文生字時，即使以前未聽過其讀音，別人一教就讀得正確了；此外，學習拼寫經驗多了，單靠字的字母組成，他們也可以推斷出字的讀音。他們拼寫時要做的，只是聯繫字母、讀音兩者的關係。

在英國，部份教育工作者仍然覺得英文現行的拼寫系統過於複雜，要初學拼寫的英國學童先學一套啟蒙字母（Initial Teaching Alphabet，簡稱 I. T. A.），然後再慢慢過渡至傳統的拼寫系統。假

④ 音節發音時，肺肌肉收縮特別用力，就變成重音。例如 manly 這個字，第一個音節發音時，肺特別用力，就變成重音。

⑤ * 表示後面的讀音不正確。

如英國學童需要學I. T. A.，相信學習英語的中國人更需要學國際音標(International Phonetic Alphabet，簡稱I. P. A.)，以解決讀音上的困難；同時還要好好學習英文拼寫的原理，了解英文字母使用的規律。

小結

為了幫助讀者解決在學習英語語音和拼寫法時所遇到的困難，本書第二、三章分別介紹國際音標和英文拼寫法；四、五章表列英語語音跟字母兩者的關係。

附錄(一)介紹英語的元音及輔音，並以例句示範錄音；附錄(二)簡略介紹廣東話的音標。

附錄(三)加強了示範錄音的功能。筆者將書內有代表性的例子抽出來，設計了四個練習，並請英國人錄了音，放在附錄(三)。透過聽讀練習，希望讀者能夠進一步了解英文讀音和字母兩者的關係，並且更好地掌握國際音標。

附錄(四)和附錄(五)是本版最新加入的，提供了從拼寫到讀音和從讀音到拼寫的實例，供讀者參考。

練習與思考

1. 在下面的節目表裏，圈出

   a) RTHK 第三台的新聞時間

   b) BBC 第四台的新聞時間

RTHK Radio 3

05:00	Night Music
06:30	Hong Kong Today (News)
08:00	Money Talk
08:30	Backchat
09:30	Morning Brew
13:00	News at One
13:15	1 2 3 Show
15:00	Steve James
18:00	Newswrap
19:00	Peter King
21:00	Teen Time
22:00	All the Way with Ray
23:00	News at Eleven
23:30	All the Way with Ray
01:00	Night Music

BBC Radio 4

EARLY	
00:00	Midnight News
00:30	Book of the Week
MORNING	
06:00	Today (News)
10:00	Woman's Hour
AFTERNOON	
12:00	News Summary
16:00	Thinking Allowed
EVENING	
18:00	Six O'Clock News
20:00	Moral Maze
LATE	
00:00	Midnight News
00:30	Book of the Week

2. 在表格裏適當位置用 ✓ 表示

a) RTHK 第三台的新聞時間

b) BBC 第四台的新聞時間

電台 時間		RTHK 第三台	BBC 第四台
AM	5:00		
	5:30		
	6:00		
	6:30		
	7:00		
	7:30		
	8:00		
	8:30		
	9:00		
	9:30		
	10:00		
	10:30		
	11:00		
	11:30		
	12:00		
PM	12:30		
	1:00		

第二章
國際音標的原理及英語的語音

國際音標的原理及應用

第一章指出了，一般學習英語的中國人由於缺乏良好的英語口語基礎，又不大了解字母的作用，加上英文字母跟讀音的關係比較複雜，而且英文字本身沒有標示重音（stress）的符號，所以有學習國際音標的需要。

國際音標跟音素的關係

國際音標跟其讀音是一一對應的。一個音標代表一個音素，而同一個音素又只用同一個音標去表示，情況如圖（一）所示：

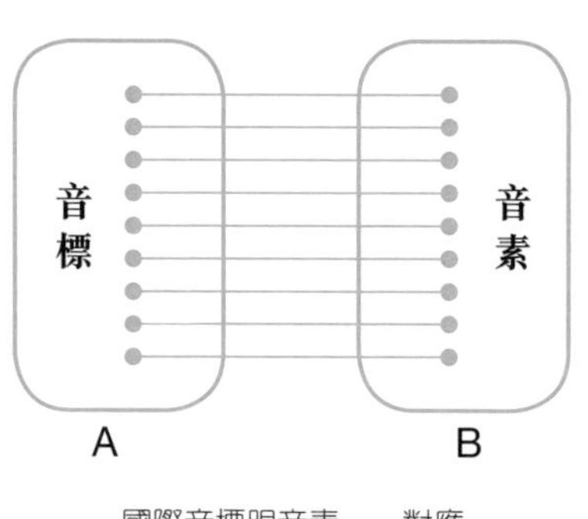

國際音標跟音素一一對應
圖（一）

音標代表的語音及其形狀

坊間常見的英漢或英文字典，大部份都有採用國際音標來顯示英文字的讀音。iː、ɪ、ð、θ 等都是國際音標，而音標兩旁加 / / 就表示音素，如 /iː/、/θ/ 等是音素。由於國際音標跟音素一一對應，所以是比較容易學的。學習者感到困難的地方，是“音素”這個觀念比較陌生，和部份的音標（如 ð、θ 等）形狀比較古怪。

“音素”的觀念

現在請用廣東話（或自己的方言）唸“天”這個字，小心分析它的讀音，看看能不能把它分成若干個成份。

你會發覺在發音時，頂在上齒後面的舌頭一放開後，就差不多立刻放回原處。你大概會想，“天”的讀音是整全的一體，不能再細分了。

可是，另一方面，如果把“天”和英語的“tin”或“teen”比較，就會發覺它們的讀音相當近似；那麼，“天”的讀音豈不是和英語的“tin”一樣，能夠分為三個成份嗎？

不錯，西方的語音學家，正是可以從“天”的讀音分出 /t/ + /i/ + /n/ 三個“音素”來。或許可以說，“音素”是一個細小得令中國人覺得不“自然”的語音單位。我們在後面再看這些語音單位的描述。

附錄（二）將廣東話用“音素”去分析，相信有助於進一步了解“音素”這觀念。

國際音標與英國文字發展的關係

由於文字發展史上的種種原因，現行的英文字母不再能夠跟音素一一對應，再加上表示元音之字母只有 a、e、i、o、u 和 y 六個，而要分辨的英語單元音（monophthongs）卻有十二個之多，所以這三百多年以來，不斷有人提倡要改革英文的拼寫系統。國際語音學會在 1886 年成立，起初的宗旨是將語音學的研究成果應用在英語教學上。學會擬訂的"國際音標"，就是語音學研究成果的一部份：音標的形狀，以及它所代表的讀音（即音素），跟英語拼寫的歷史和英語文字改革的傳統，關係很密切。如果覺得部份音標的形狀古怪，這完全是習慣性的問題。看慣了，用慣了，就能克服這個心理障礙。讀者要非常小心辨認這些音標。

國際音標在英文字典中的使用

即使同樣是用國際音標，不同的字典用來標示英語元音的符號仍是稍有不同的。現將手頭上兩種常用字典 *Longman Dictionary of Contemporary English*（簡稱 LD）和 *The Advanced Learner's Dictionary of Current English with Chinese Translation*（簡稱 ALD）標示英語語音的符號並列出來：

(甲) 元音 (vowel) 的符號

LD*	ALD*	字例
iː	iː	sheep
ɪ	i	ship
e	e	bed
æ	æ	bad
ɑː	ɑː	calm
ɒ	ɔ	pot
ɔː	ɔː	caught
ʊ	u	put
uː	uː	boot
ʌ	ʌ	cut
ɜː	əː	bird
ə	ə	cupboard
eɪ	ei	make
əʊ	ou	note
aɪ	ai	bite
aʊ	au	now
ɔɪ	ɔi	boy
ɪə	iə	here
eə	ɛə	there
ʊə	uə	poor

(乙) 輔音 (consonant) 的符號

LD 和 ALD	字例
p	pen
b	back
t	tea
d	day
k	key
g	gay
tʃ	cheer
dʒ	jump
f	few
v	view
θ	thing
ð	then
s	soon
z	zero
ʃ	fish
ʒ	pleasure
h	hot
m	sum
n	sun
ŋ	sung
l	led
r	red
j	yet
w	wet

*LD = Longman Dictionary

*ALD = Advanced Learner's Dictionary

單從標音符號的角度來看，LD 那套音標似乎更適合學習英語的中國人，因為符號清楚指出，/iː/ 跟 /ɪ/ 、 /ɔː/ 跟 /ɒ/ 和 /uː/ 跟 /ʊ/ 比較，除了在“音長”有別外，在“音色”(quality) 上亦是有不同的。在聽、講英語時要注意這一點。

英語語音的描述

表音的符號看過了，現談談符號所代表的英語語音，先看看這些語音的描述。在看文字敘述時，可參閱圖（二）及其他有關的圖。

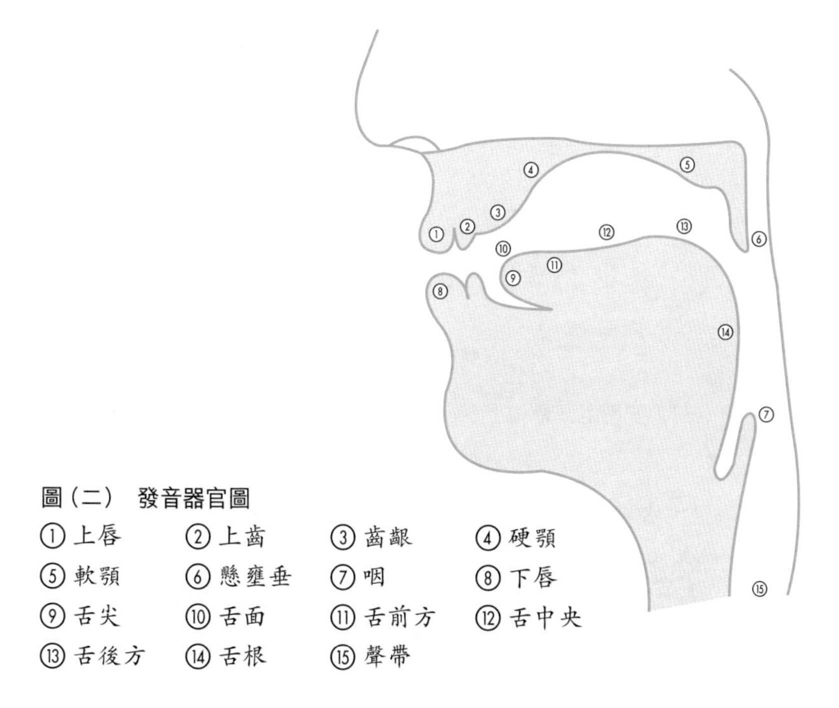

圖（二） 發音器官圖

一、輔音的描述

從發音的方式將輔音分類

輔音發音時，自肺經喉部而出的氣流，在口腔內受到阻塞或阻礙。完全受阻的叫阻塞音（參閱圖（三））；部份受阻塞而氣流仍可從阻塞部份兩邊或一邊流出來的叫邊音（參閱圖（四））；只受到阻礙而氣流在阻礙地方流過時發出摩擦聲的叫摩擦音（參閱圖（五））；氣流先完全阻塞，再因為發音器官微微移開，不再完全受阻，而在阻塞已消除的地方發出摩擦聲，這樣的輔音叫塞擦音（參閱圖（六））。

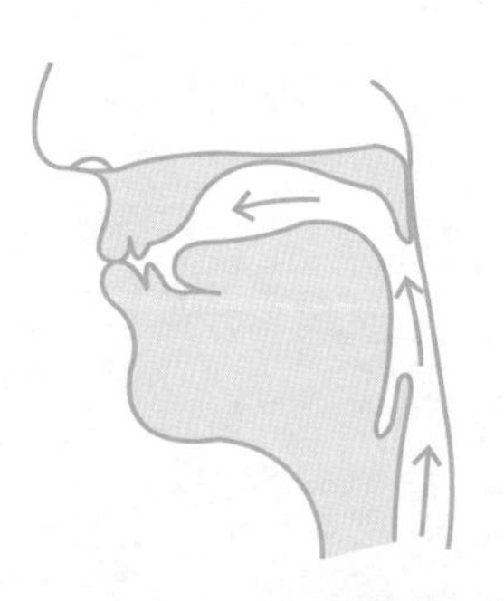

圖（三） 雙唇阻塞音

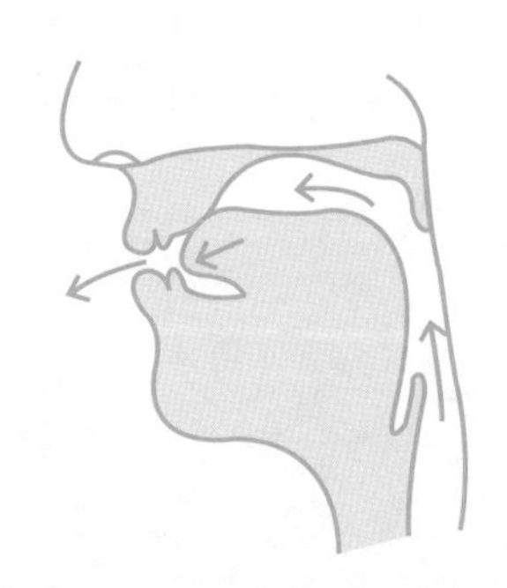

圖（四） 齒槽邊音

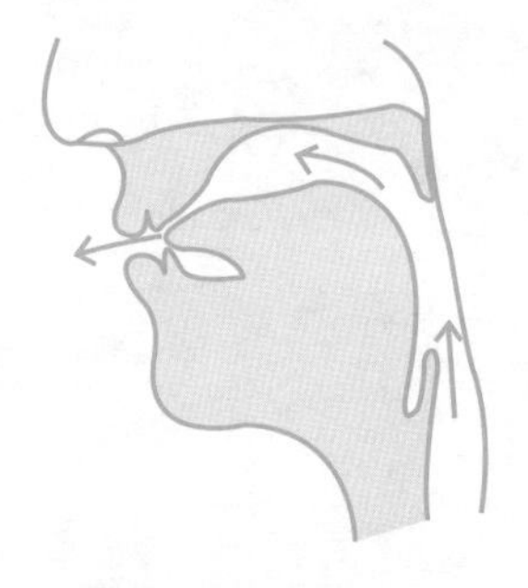

圖（五） 齒槽摩擦音

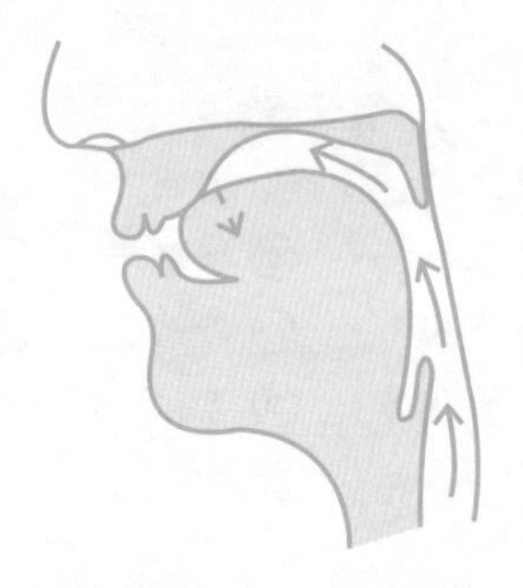

圖（六） 齒槽塞擦音

從發音的位置將輔音分類

我們可看氣流在口腔內哪個位置受到阻塞或阻礙而將輔音再分類。氣流因為兩唇閉合而受阻塞的叫雙唇音；氣流因為下唇靠近上齒而受阻礙的叫唇齒音；氣流因為舌尖靠近上齒下方而受阻礙的叫舌齒音；氣流因為舌尖或舌前端頂着上顎齒槽而受阻塞的叫齒槽音；氣流因為舌的後方頂着軟顎而受阻塞的叫舌根音。輔音發音的位置，可參閱圖（七）。

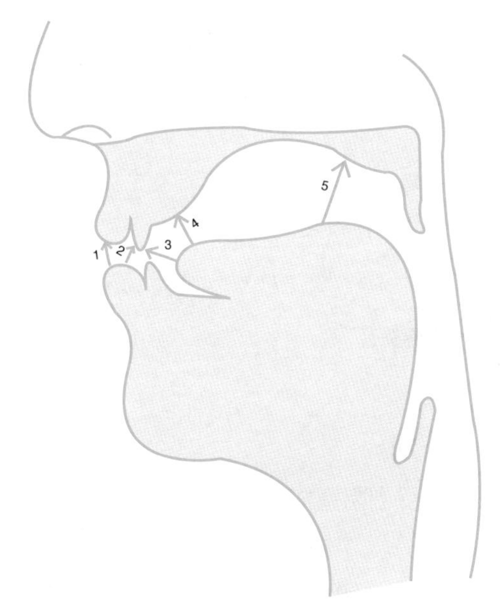

圖（七） 發音的位置

1. 雙唇音
2. 唇齒音
3. 舌齒音
4. 齒槽音
5. 舌根音

鼻音和塞音的分別

氣流在口腔內受到阻塞，卻因為軟顎放下而可以從鼻腔流出來的叫鼻音（參閱圖（八））；氣流在口腔內受到阻塞並因為軟顎升起將鼻腔封閉，而不能從口腔或鼻腔流出來的叫塞音（參閱圖（九））。

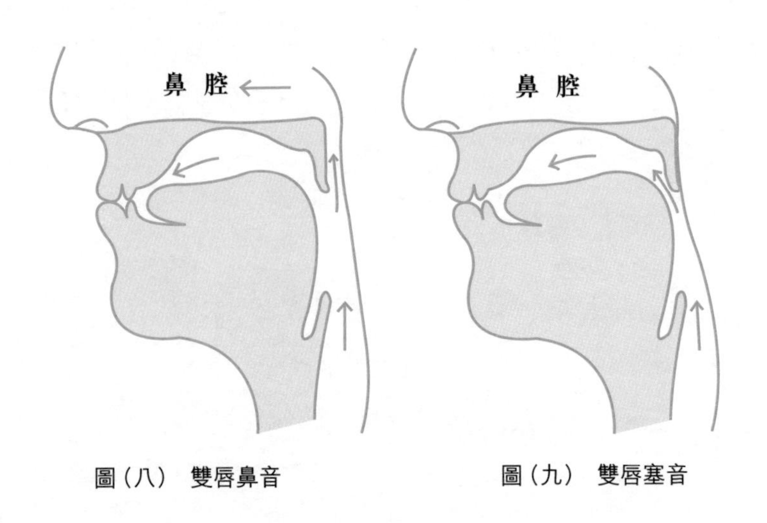

圖（八） 雙唇鼻音　　圖（九） 雙唇塞音

清音和濁音的分別

氣流在口腔內受到阻塞或阻礙時，喉部的聲帶假如同時振動，就叫做帶音（voiced），中國音韻學的傳統叫法是濁音；喉部的聲帶假如不同時振動，就叫做不帶音（voiceless），中國傳統叫法是清音。

送氣和不送氣的分別

此外，塞音和塞擦音又有送氣（aspirated）和不送氣（unaspirated）的分別。所謂送氣，是指阻塞解除後氣流驟然噴發出來；所謂不送氣，是指阻塞解除後氣流並不噴發而出。

有了上述各個準則，就可以給英語輔音作簡單的描述。再將英語輔音跟廣東話和普通話比較，可以明白多一些。關於廣東話的音標，請參閱附錄（二）。

音標	例字	簡單描述	跟廣東話、普通話比較
p	pen, copy, lip	雙唇塞音、清	跟廣東話和普通話送氣的 /pʰ/（如‘篇’字的聲母［第一個音素］）差不多。
b	back, job	雙唇塞音、濁	跟廣東話和普通話不送氣的 /p/（如‘邊’字的聲母），在聲帶是否振動這方面並不相同。發英語的 /b/ 時，注意要讓聲帶振動。
t	tea, tight	齒槽塞音、清	英語 /t/ 發音的位置，跟廣東話和普通話送氣的 /tʰ/（如‘天’字的聲母）並不完全相同。發英語的 /t/ 或 /d/ 時，舌頭或舌前端要頂在上齒對上的部份，而不是上齒的後面。
d	day, bad	齒槽塞音、濁	/d/ 發音的位置，上面已敍述了。要注意聲帶應發生振動。在這一點上，跟廣東話和普通話不送氣的 /t/（如‘顛’字的聲母）有些不同。
k	key, cock	舌根塞音、清	跟廣東話和普通話送氣的 /kʰ/（如‘卡’字的聲母）相同。
g	get, egg	舌根塞音、濁	跟廣東話和普通話不送氣的 /k/（如‘隔’字的聲母），在聲帶是否振動這方面有所不同。發英語的 /g/ 時，注意要讓聲帶振動。
tʃ	church	齒槽塞擦音、清	發音的位置，跟廣東話送氣的 /tsʰ/（如‘痴’字的聲母）相近，但稍有不同。發英語的 /tʃ/ 或 /dʒ/ 時，舌尖或舌前端頂着上顎的齒槽，舌前面部份同時微微升起接近硬顎，舌尖或舌前端跟着微微放下。

音標	例字	簡單描述	跟廣東話、普通話比較
dʒ	judge, age	齒槽塞擦音、濁	跟廣東話不送氣的 /ts/（如‘之’字的聲母）並不相同。/dʒ/ 跟 /tʃ/ 發音的方式和位置相同，但聲帶要振動。
f	fat, rough	唇齒摩擦音、清	跟廣東話和普通話的 /f/（如‘發’字的聲母）相同。
v	very, move	唇齒摩擦音、濁	廣東話和普通話都沒有 /v/ 音。發英語的 /v/ 時，聲帶要振動。
θ	thing, path	舌齒摩擦音、清	廣東話和普通話都沒有 /θ/。發英語的 /θ/ 時，舌尖應輕輕放在上齒下方。
ð	this, that	舌齒摩擦音、濁	廣東話和普通話都沒有 /ð/。/ð/ 發音的方式和位置跟 /θ/ 相同，但聲帶要振動。
s	soon, sister	齒槽摩擦音、清	發音的位置，跟廣東話的 /s/（如‘思’字的聲母）稍有不同。發英語的 /s/ 音時，舌尖和舌前端要接近上顎的齒槽，不是上齒的後面。
z	zero, buzz	齒槽摩擦音、濁	廣東話沒有 /z/。/z/ 的發音方式和位置跟 /s/ 相同，但聲帶要振動。
ʃ	shin, sure, fish	齒槽硬顎摩擦音、清	廣東話和普通話都沒有 /ʃ/。發 /ʃ/ 時，舌尖和舌前端接近上顎的齒槽，而舌前面部份同時微微升起接近硬顎。
ʒ	pleasure, vision	齒槽硬顎摩擦音、濁	廣東話和普通話都沒有 /ʒ/。/ʒ/ 發音的方式和位置跟 /ʃ/ 一樣，但聲帶要振動。
h	hot, behind	喉頭摩擦音、清	跟廣東話的 /h/（如‘蝦’字的聲母）一樣。發 /h/ 時，氣流在聲帶之間通過，發出輕微摩擦的聲音。

音標	例字	簡單描述	跟廣東話、普通話比較
m	more, sum	雙唇鼻音、濁	跟廣東話和普通話的 /m/（如'媽'字的聲母）差不多，但英語的 /m/ 發音時，雙唇合得較緊一些，閉合的時間也長一些。
n	nice, funny	齒槽鼻音、濁	發音位置跟廣東話和普通話的 /n/（如'拿'字的聲母）稍有不同。發英語的 /n/ 時，舌尖和舌前端，要多用一些力頂着上顎的齒槽（不是上齒的後面），頂着齒槽的時間也長一些。
ŋ	ring, long	舌根鼻音、濁	跟廣東話和普通話的 /ŋ/（如'聲'字最後那個音素）差不多，但發英語的 /ŋ/ 時，舌後方比較用力頂着軟顎，而頂着的時間也長一些。
l	light, feel	齒槽邊音、濁	英文字首的'l'跟廣東話和普通話的 /l/（如'拉'字的聲母）差不多，但廣東話和普通話沒有字尾的 /l/。發英文字尾的 /l/ 時，舌尖頂着上顎齒槽，舌面稍微下陷，而舌後方卻微微向上升起。
r	right, sorry	阻礙在齒槽後面形成，但沒有發出摩擦聲。濁	廣東話和普通話都沒有 /r/。R.P. 的 /r/ 在發音時，舌尖接近齒槽的後面，舌頭後面的邊沿觸着上臼齒，舌頭的中央部份微微放下。
j	yet, yes	相當於 /iː/ 音，但本身不構成一個音節	跟廣東話和普通話的 /j/（如'夜'字的聲母）差不多。
w	wet, when	相當於 /uː/，但本身不構成一個音節	跟廣東話的 /w/（如'華'字的聲母）差不多。

二、元音的描述

元音是怎樣形成的？

元音發音時，自肺經聲門而出的氣流，在口腔內因為沒有受到阻塞或阻礙而可以順暢流出來。口腔就好比一個共鳴箱，舌頭在口腔內擺放的位置不同，再加上不同的唇形，就做成不同形狀的“共鳴箱”，因而形成不同的元音。

元音描述的着眼點在舌頭的最高點

元音發聲時，舌頭並不是平直擺放的，舌面總有一個地方隆起來。元音的描述，着眼點就在這個隆起的地方，看看它的最高點在口腔內哪一處。最高點最接近上顎的叫高元音，最遠離上顎的叫低元音，在高、低元音之間，再可劃分半高、半低元音。最高點最接近口腔前面部份（如唇、齒）的叫前元音，最遠離前面部份的叫後元音，不前不後的叫央元音（有別於不高不低的中元音）。

唇形對元音音色的影響

影響元音音色的，除了舌頭擺放的位置外，還有嘴唇的形狀——圓唇或不圓唇。廣東話和普通話“於”音和“衣”音的分別，就完全在圓唇或不圓唇。可先發“衣”音，把它拖長，再慢慢轉為“於”音，就會發覺舌頭的位置是固定的，但唇卻圓了起來。英語元音的分別，不會單靠唇的形狀，但仍要注意英語元音發聲時嘴唇的形狀。

元音的相互比較

一般來説，輔音的發聲比元音的發聲較容易感覺得到，雖然前者比後者維時更短。在發 /iː/、/ɪ/、/e/ 等元音時，很可能感覺不到舌頭的最高點在哪裏，但假如發音準確，就應該感覺到 /iː/

比 /ɪ/ 、 /e/ 比 /æ/ 、 /uː/ 比 /ʊ/ 、 /ɔː/ 比 /ɒ/ 的最高點是稍為高一些的，而且發音的肌肉較緊張。上述的情況，用下面表列的方式表示出來，相信有助於記着這兩點。

較高、較緊張	較低、較鬆弛
iː	ɪ
e	æ
uː	ʊ
ɔː	ɒ

圖（十）、（十一）分別顯示英語前、後元音在發聲時，舌頭擺放的位置，以及嘴唇的形狀，讀者可比較這些元音的最高點。

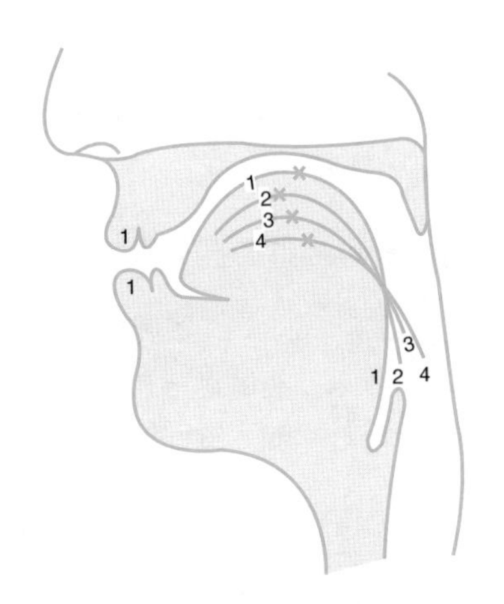

圖（十） 英語四個前元音發聲時舌頭擺放的位置（×表示最高點）

1 /iː/ 2 /ɪ/ 3 /e/ 4 /æ/

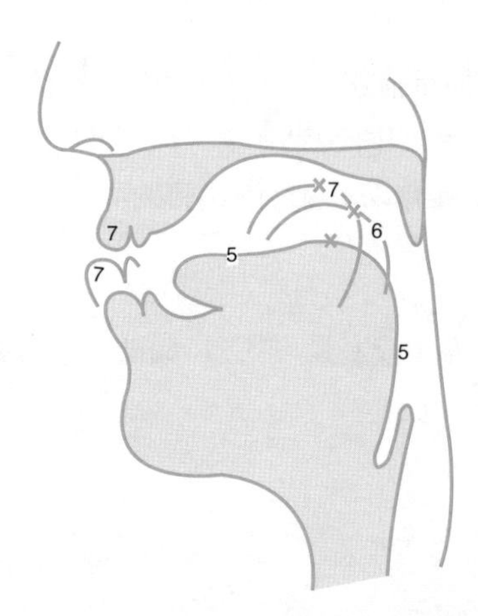

圖（十一） 英語三個後元音發聲時舌頭擺放的位置（×表示最高點）

5 /ɑː/　6 /ʊ/　7 /uː/

一般來説，學習者對於英語複元音（diphthongs）的發音，都沒有多大的困難，所以不在這裏詳細描述。但有一點值得注意：是 /ɪ/、/e/ 和 /ʊ/ 後面跟着 /ə/ 而形成 /ɪə/、/eə/ 和 /ʊə/ 三個複元音，而不是 /iː/、/æ/ 或 /uː/。

以下是英語元音的簡單描述和跟廣東話、普通話的比較：

音標	例字	簡單描述	跟廣東話、普通話比較
iː	sea, machine	高、前、不圓唇	跟廣東話和普通話的 /i/（如‘衣’字的元音部份）差不多，但舌頭稍高、稍前。
ɪ	kit, bid	高（但比 /iː/ 低）、前（比 /iː/ 還要前）、不圓唇	英語的 /ɪ/，跟廣東話和普通話的 /i/ 頗不同。在發英語的 /ɪ/ 音時，舌頭要放低一些。

音標	例字	簡單描述	跟廣東話、普通話比較
e	bed, dress	半高、前、不圓唇	比廣東話的 /ɛ/（如‘夜’字的元音部份）稍高、稍前一些，跟普通話的 /e/（如‘夜’字的元音部份）接近。在發英語的 /e/ 時，舌頭要高一些。
æ	bad, trap	半低、前、不圓唇	比廣東話的 /ɛ/ 稍低、稍後一些。在發英語的 /æ/ 音時，嘴巴要張開一些。
ɑː	father, start	低、央、不圓唇	跟廣東話和普通話的 /a/（如‘媽’字的元音部份）差不多，但稍低、稍偏央一些。
ɒ	lot, wash	低、後、唇稍圓	比廣東話的 /ɔ/（如‘柯’字的元音部份）稍低一些。在發英語的 /ɒ/ 時，舌頭要放低一些。
ɔː	thought, law	半低、後、圓唇	跟廣東話的 /ɔ/ 差不多，但稍高、稍後一些。
ʊ	foot, good	高（比 /uː/ 低）、後、唇稍圓	比廣東話和普通話的 /u/（如‘污’字的元音部份）稍低。在發英語的 /ʊ/ 音時，舌頭要放低一些。
uː	food, blue	高、後、唇稍圓	跟廣東話和普通話的 /u/ 差不多。
ʌ	bud, love	低、央、不圓唇	跟廣東話的 /ɐ/（如‘不’字的元音部份）差不多。
ɜː	bird, nurse	半低、央、不圓唇	跟廣東話的 /œ/（如‘靴’字的元音部份）差不多，但稍中央一些，唇又不圓。

音標	例字	簡單描述	跟廣東話、普通話比較
ə	ago, comma	半低、央、不圓唇	比廣東話的 /œ/ 音短，而且是輕音；跟普通話裏輕聲的 /ə/ 相近。
eɪ	play, day	由 /e/ 音滑向 /ɪ/ 音	跟廣東話和普通話的 /eɪ/（如‘悲’字的元音部份）差不多，但在開始發英語的 /eɪ/ 音時，可將舌頭放低一些。
əʊ	go, no	由 /ə/ 音滑向 /ʊ/ 音	美國的 /oʊ/ 音，跟廣東話和普通話的 /ou/ 音差不多，但英國 R.P. 的 /əʊ/ 音則分別較大。在開始發 R.P. 的 /əʊ/ 音時，舌頭的最高點稍偏中央一些。
aɪ	try, high	由 /a/ 滑向 /ɪ/	跟廣東話和普通話的 /aɪ/（如‘唉’字的元音部份）差不多，但在開始發英語的 /aɪ/ 音時，舌頭要放低一些。
aʊ	mouth, now	由 /a/ 滑向 /ʊ/	跟廣東話和普通話的 /au/（如‘拗’字的元音部份）差不多，但在開始發英語的 /aʊ/ 音時，舌頭要放低一些。
ɔɪ	choice, boy	由 /ɔ/ 滑向 /ɪ/	跟廣東話的 /ɔi/（如‘哀’字的元音部份）差不多。
ɪə	near, here	由 /ɪ/ 滑向 /ə/	廣東話和普通話沒有類似 /ɪə/ 的音，但有 /i/ 音，要注意發英語的 /ɪə/ 音時，舌頭要放低一些。
eə	fair, square	由 /e/ 滑向 /ə/	廣東話和普通話沒有類似 /eə/ 的音，但普通話有 /e/ 音，廣東話有 /ɛ/ 音，要注意發英語的 /eə/ 音時，舌頭要高一些。
ʊə	poor, moor	由 /ʊ/ 滑向 /ə/	廣東話和普通話沒有類似 /ʊə/ 的音，但有 /u/ 音，要注意發英語的 /ʊə/ 音時，舌頭要放低一些。

上面關於英語讀音的文字描述，相信可以幫助讀者更好地掌握這些語音。附錄（一）及附錄（三）是錄音教材，要小心聆聽錄音，跟着自己也唸唸。反覆聆聽、練習，對掌握英語的語音一定有很大的幫助。

練習與思考

一、 試將包含下列音素的各組音標拼寫出來。第一個音標已經拼寫出來了，作為範例。

1. /iː/ vs. /ɪ/						
音標	siːt	sɪt	piːk	pɪk	siːk	sɪk
拼寫法	seat					

2. /æ/ vs. /e/						
音標	dʒæm	dʒem	dæd	ded	sæd	set
拼寫法						

3. /ɑː/ vs. /ʌ/						
音標	hɑːd	lʌv	hɑːt	gʌn	mɑːsk	fʌn
拼寫法						

4. /ɔː/ vs. /ɒ/						
音標	stɔː(r)	tɒp	tɔːk	sɒb	fɔːlt	sɒk
拼寫法						

5. /uː/ vs. /ʊ/						
音標	skuːl	wʊd	fuːd	fʊt	puːl	kʊk
拼寫法						

6. /tʃ/ vs. /dʒ/						
音標	tʃes	'meɪdʒə(r)	tʃaɪd	sə'dʒest	tʃɪk	geɪdʒ
拼寫法						

7. /θ/ vs. /ð/						
音標	θɪŋk	ðiːz	θɪŋ	suːð	θiːf	wɪð
拼寫法						

8. /ʃ/ vs. /ʒ/						
音標	ʃiːt	'leʒə(r)	ʃaɪn	'juːʒuəl	ʃuːt	beɪʒ
拼寫法						

二、 試將下列各組音標拼寫出來。第一組音標已拼寫出來了，作為範例。

音標	siː	gɪv	ten	bæk	kɑːm
拼寫法	see				

音標	stɒp	ɔːl	bʊk	tuː	ʌp
拼寫法					

音標	bɜːd	ə'gəʊ	leɪt	gəʊ	faɪv
拼寫法					

音標	naʊ	bɔɪ	dɪə	weə	tʊə
拼寫法					

音標	pʊt	biː	teɪk	duː	kʌm
拼寫法					

音標	glɑːs	maɪ	nəʊ	brɪŋ	weɪt
拼寫法					

音標	daɪv	'verɪ	θɪn	ðen	rəʊz
拼寫法					

音標	jes	hæt	səʊ	zɪŋk	ʃʌt
拼寫法					

音標	'pleʒə	laɪk	tel	tʃɜːtʃ	dʒʌdʒ
拼寫法					

三、 試將下列各字的讀音用音標表示出來。第一個字的讀音已用音標表示出來了，作為範例。

拼寫法	bead	bid	bed	bad
音標	bi:d			

拼寫法	bard	bod	board	book
音標				

拼寫法	booed	bud	bird	cupboard
音標				

拼寫法	bayed	bode	bide	bowed
音標				

拼寫法	buoyed	beard	bared	cured
音標				

拼寫法	pea	bee	tea	deep
音標				

拼寫法	keep	geese	cheap	jeep
音標				

拼寫法	fee	veal	thief	thee
音標				

拼寫法	see	zeal	sheep	vision
音標				

拼寫法	heap	meet	knee	seeing
音標				

拼寫法	Lee	tree	yeast	weep
音標				

四、下面介紹一個可以幫助熟習英語音標的遊戲。讀者根據提示，先找出英文字，再將對應的音標填在適當的空格內（複元音 (diphthong) 音標只佔一格）。請先看下面的例子，然後嘗試這個填音標遊戲。

Clues 提示

Across 橫

2. A ________ is the small hard part of a plant from which a new plant grows.
4. Past tense of 'like'
5. 3rd person singular of 'plan'

Down 縱

1. Past tense of 'sleep'
2. If we ________ ourselves, we rub our fingernails against our skin because it is itching.
3. When we ________ something, we put it into our mouth, chew it, and swallow it.

答案（英文字）

Across 橫：2. seed　4. liked　5. plans

Down 縱：1. slept　2. scratch　3. eat

1 s	■	2 s	3 iː	d
4 l	aɪ	k	t	■
e	■	r	■	■
5 p	l	æ	n	z
t	■	tʃ	■	■

填音標遊戲

1		2		3	■	■	4		5		6
	■		■	7				■		■	
8					■	■	9				
	■		■	10				■		■	
11	12				■	■	13	14		15	
■		■	■	■	■	16	■		■		■
■		■	■	■	17		■	18			■
19				20	■		■		■	21	
	■	■	■	22					■		■
23			■		■		■		■	■	24
	■	■	■		■	25			■	■	
26			■	27			■	28			

Across 橫

1. Public place where people meet to buy and sell goods
4. Past tense of 'agree'
7. The main job of the editors of a newspaper is to ________ the newspaper.
8. A large flesh-eating animal with a yellowish coat with dark spots
9. Name of a male person; many kings of England had this name.
10. Name of a country east of Iraq in the Middle East
11. When we are ______ out things, we are putting them in order.
13. How do we pronounce the word 'didst'?
17. Weak form of 'at'
18. Singular form of 'teeth'
19. Opposite of 'quickly'
21. The word 'row' can be pronounced /rəʊ/ or ________.
22. Filled with joy
23. When we _______ to do something, it is necessary for us to do it.
25. If we are _____, we are ill.
26. Past tense of 'ache'
27. Past tense of 'teach'
28. 3rd person singular of 'try'

Down 縱

1. When we heat ice, it ________.
2. Thick covering for floors or stairs
3. How do we pronounce the word 'tedding'?
4. When we are present at a meeting, we ________ the meeting.
5. Something given or received in return for work, merit, or services
6. Contracted form of 'did not'
12. We speak to the examiner when we have an ________ exam.
14. How do we pronounce the word 'intellect'?
15. _____ clothes are made of thin cloth which we can see through.
16. Superlative form of 'stiff'
19. The day after Saturday and before Monday
20. The country of the Egyptians
24. Plural form of 'this'

第三章

英文的拼寫法

本章分兩部份，第一部份引用實例介紹英文拼寫的基本原理，第二部份討論學習英文拼寫的方法，以及分析香港學生在拼寫上所犯的錯誤。

一、從英文字的拼寫看其讀音

第二章敘述過，在現行的英文拼寫系統裏，字母跟音素不再一一對應。一個或一組字母孤立來看，常常有幾種讀法，而同一個音素，又很多時候有多種拼法。

我們在遇到一個英文生字時，通常會首先嘗試將音節劃分，再看看重音[①]應該放在哪一個音節，然後決定每個音節的讀法。在每個步驟中，我們都有可能犯錯。我們沒有多大信心單憑英文生字的拼寫，就能將其字音準確唸出來，主要的原因就在這裏。就以 bedraggle 這個英文字為例，按音節應該劃分為 be·drag·gle，重音應該放在第二個音節上。假如我們將字劃分為 bed·rag·gle，

① 重音是指發音時較用力，以致有較多空氣從肺部被擠壓出來。標示重音的符號是 '，放在重音音節的前面，用重音去讀叫重讀。

又或者將重音放在第一個音節上，就不能將字音準確唸出來了。

現在讓我用一個較簡單的例子，來說明英文生字的讀音是怎樣找出來的。譬如在英語國家，有一種新產品，名字叫做 Aba，按照英文拼寫法，這個字應該怎樣唸？找出字音的步驟大概是這樣的：

1. 劃分音節

Aba 可以機械地劃分為 A·ba 及 Ab·a，但英文拼寫法排除了後者的可能性。Abba 可以劃分為 Ab·ba，但 Aba（除非是外來字）卻不能劃分為 Ab·a。所以結論是：Aba 只能劃分為 A·ba。

2. 決定重音放在哪個音節上

Aba 這個字有兩個音節，理論上我們可將重音放在第一或第二音節上。至於哪個做法比較恰當，那就要看有沒有同類型字或者音節支持這個做法。

3. 決定音節的讀音

假如重音放在第一個音節上，按照英文拼寫法，A·ba 可以唸 /ˈeɪbə/ 或 /ˈɑːbə/，因為 a 字母在重讀的開音節[②]中唸 /ˈeɪ/ 或 /ˈɑː/，而在輕讀的開音節中則唸 /ə/。假如重音放在第二音節上，A·ba 就會唸 /əˈbɑː/。

4. 找出同類型字或音節，支持上面的讀音

支持 Aba 唸 /ˈeɪbə/ 的同類型字有：Ada /ˈeɪdə/、Asa /ˈeɪsə/ 或 /ˈeɪzə/ 和 Ava /ˈeɪvə/，而支持 Aba 唸 /ˈɑːbə/ 的同類型字有：

② 以元音收結的音節叫開音節，以輔音收結的音節叫閉音節；例如 tie 是開音節，tied 則是閉音節。

Aga /'ɑːgə/、ana /'ɑːnə/、Asa /'ɑːsə/ 和 Ava /'ɑːvə/，但支持 Aba 唸 /ə'bɑː/ 的同類型字只有 aha /ə'hɑː/。

5. 結論

Aba 唸 /'eɪbə/ 或 /'ɑːbə/ 的可能性較高，唸 /ə'bɑː/ 的可能性較低。又考慮到 a 在 'a·b... 的字唸 /'eɪ/ 音（如 able、Abrams），Aba 唸 /'eɪbə/ 的可能性最高。

總的説來，字的音節愈多，其讀音的分析也愈複雜。單音節字的讀音分析比較簡單，因為第一、單音節字不用劃分音節，第二、單音節字單獨唸時基本上是用重音讀的，所以沒有重音應該放在哪個音節的問題。但有兩點仍然要注意：一、小部份的單音節字有強讀、弱讀之分，例如 have 這個字，強讀唸 /hæv/，弱讀唸 /həv/、/əv/，或甚至 /v/；二、單音節虛詞（如介詞 at、of 等等）一般是弱讀的。

雙音節或多音節字的讀音分析比較複雜，某個音節的讀音，除了看其字母組成外，還要看這個音節是否用重音去讀（如 ab 在 abdomen 中唸 /'æb-/，而在 abhor 中卻唸 /əb-/）；而某個或某組字母的讀音，除了看其所在的音節是否用重音去讀之外（如 a 在 aback 中唸 /ə-/，而在 able 中卻唸 /'eɪ-/），還要看這個音節是開音節，或是閉音節（如 A 在 A·ba 中唸 /'eɪ-/，而在 Ab·ba 中卻唸 /'æ-/）。

英文拼寫的規則

總結上文，從英文拼寫法去決定某個音節的讀音，除了看其字母組成外，還要看這個音節是否用重音去唸，以及這個音節是開音節還是閉音節。由此可見，現行的英文拼寫法是頗為複雜的。英文拼寫的規則的確非常多。要説明這種規則，從一些實例看，相信會比較具體。下面的例子，説明了英文拼寫法中最普遍又比較容易明白的規則。

【例一】元音字母 a、e、i、o、u 在下列單音字的讀音：

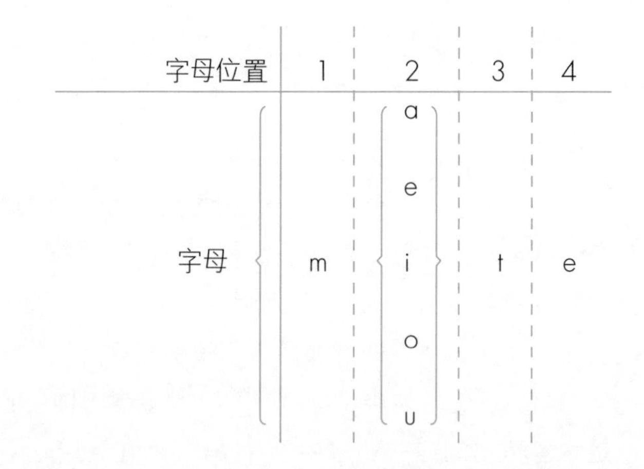

字母位置	1	2	3	4
字母	m	a / e / i / o / u	t	e

在英文字中，假如最後一個字母是 e（在表內是位置 4），最後第二個或第二組字母代表一個輔音（位置 3），最後第三個字母是單元音字母 a、e、i、o 或 u，而重音又放在這個元音字母時，這些元音字母最普遍的讀音，就跟這些字母單獨唸時的讀音一樣，情形如下：

a	/eɪ/
e	/iː/
i	/aɪ/
o	/əʊ/
u	/juː/

這是一條頗為常見的英文拼寫規則，要牢牢記着。

試唸唸下列各字：age、cede、dine、bone、cute。綠色粗體字的元音字母是怎樣唸的？其讀音跟【例一】所説明的規則有甚麼關係？

【例二】元音字母 a、e、i、o、u 在下列字的讀音：

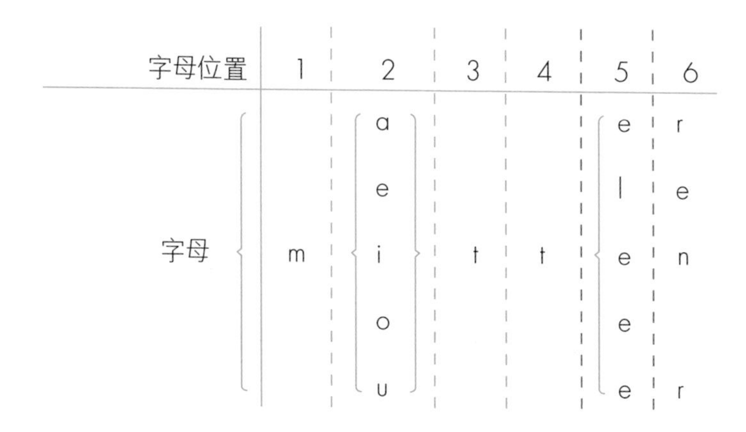

字母位置	1	2	3	4	5	6
字母	m	a	t	t	e	r
		e			l	e
		i			e	n
		o			e	
		u			e	r

重音的 a、e、i、o、u（在表內是位置 2），後面跟着一對相同的輔音字母，或兩個不同的輔音字母（位置 3 和 4）時，其一般的讀音分別是：/æ, e, ɪ, ɒ∥ɑː[3], ʌ/。字母跟讀音的關係表列如下：

③ ∥ 左面是英國讀音，右面是美國讀音。

ɑ /æ/

e /e/

i /ɪ/

o /ɒ||ɑː/

u /ʌ/

這條規則亦頗普遍，應好好記着。

試唸唸下列各字：channel、sender、dinner、bottle、muddy。綠色粗體字的元音字母是怎樣唸的？其讀音跟【例二】所說明的規則有甚麼關係？

【例三】在開音節中，重音的元音字母的一般讀音如下（如例一）：

字母	讀音	例子
ɑ	/eɪ/	la·dy, ba·by
e	/iː/	e·vil, Fe·lix
i	/aɪ/	i·dol, hi-fi
o	/əʊ/	o·pen, o·ver
u	/juː/	u·nit, hu·man

但在閉音節中，重音的元音字母的一般讀音卻如下（如例二）：

字母	讀音	例子
ɑ	/æ/	man, back
e	/e/	men, bet, dev·il
i	/ɪ/	mint, bit
o	/ɒ||ɑː/	box, pot
u	/ʌ/	bus, hut, ut·most

從【例三】某些例子可以見到，單從字的拼法來看，有時是不容易知道怎樣將字按音節來劃分的，evil 劃分為 e•vil，所以唸 /'iːvəl/，但 devil 卻劃分為 dev•il，跟 evil 的音節劃分並不同，所以唸 /'devəl/，而跟 devil 類似的 device 卻分為 de•vice，唸 /dɪ'vaɪs/。上述的情形顯示於表格內，其意思相信會較為清楚：

字	劃分音節	讀音
evil	e•vil	/'iːvəl/
devil	dev•il	/'devəl/
device	de•vice	/dɪ'vaɪs/

不容易按字的拼法劃分音節，另一個例子是 over 和 oven。over 劃分為 o•ver，所以唸 /'əʊvə/，但 oven 卻劃分為 ov•en，所以唸 /'ʌvən/。

有人會問，有沒有方法幫助我們按字的拼法劃分音節呢？照筆者看，簡易可行的方法有兩個，第一是要熟悉英文字首 (prefixes)（如在 refill 中的 re）和字尾 (suffixes)（如在 childish 中的 ish)，字首、字尾在音節的劃分中成一個單元，本身亦有固定讀音。第二個方法就是“倒果為因”，即按照字的正確讀音，劃分音節，再去記字的拼法。over 唸 /'əʊvə/，所以應劃分為 o•ver。字母跟其讀音的關係看清楚了，就容易記得字的拼法。筆者在第一章中強調“多聽英語”的重要性，部份原因就在這裏。

【例四】表示過去時態的 -ed

在英文中，表示過去時態 (past tense) 最普遍的做法，是在動詞的根式 (base form) 後面加上 ed，情況如表內所顯示：

動詞根式	後面加 -ed	過去時態動詞
ask play want	+ ed	asked played wanted

動詞本身以 e 結尾的，就在後面加上 d，情況如表內所顯示：

動詞根式	後面加 -d	過去時態動詞
like cage	+ d	liked caged

換句話説，一個英文字假如是以 -ed 結尾的，那麼，這個字極可能屬於過去時態的動詞。

但這些動詞尾部的 -ed 卻有下列三種讀法：

讀音	例字
1. /t/	asked jumped liked pressed
2. /d/	played caged
3. /ɪd/	wanted patted padded

-ed 哪個時候唸 /t/ 、 /d/ 或 /ɪd/，完全可由下面三條語音規則決定：

1. 動詞根式如果以 /t/ 或 /d/ 結尾，-ed 唸 /ɪd/，如 wanted、landed；這條規則凌駕於下面兩條規則之上。

2. 動詞根式如果以不帶音（voiceless）的輔音（如 /k, p, s/ 等）結尾，-ed 唸 /t/，如 asked、jumped 等。

3. 動詞根式如果以帶音（voiced）的元音或輔音（如 /eɪ, b, g, z/ 等）結尾，-ed 唸 /d/，如 played、caged、called。

對於有了英語口語基礎的人士，-ed 哪個時候唸 /t/、/d/ 或 /ɪd/，完全不成問題，因為他們基本能夠將每個英文字都唸得準確；但對於沒有英語口語基礎，母語為中文之初學者來説，-ed 哪個時候唸 /t/、/d/ 或 /ɪd/ 卻是不容易明白的，因為上述規則包含帶音、不帶音等觀念，均是母語為中文之學習者不容易掌握的。

假如 -ed 在上述三條規則中，分別寫成 -id、-t 和 -d，來代表 /ɪd/、/t/ 和 /d/ 音，那麼，wanted、rapped、banned 等字就會寫成 *wantid、*rapt、*band（* 表示跟現行寫法有所不同），外國學生學習這些字的讀音時，困難會少一些，但 -id、-t 和 -d，卻沒有現行 -ed 表示過去時態那種獨特性。例如 solid、rapt（作聚精會神解）和 band（作樂隊解）分別以 -id、-t 和 -d 收尾，但三個字都不是過去時態的動詞。

在現行英文裏，-ed 除了頗清楚表示其讀音外（對英語人士來説，-ed 的讀音完全不成問題），還很清楚表示動詞屬過去式。假如我們要求字母跟音素一一對應，-ed 可清楚表示過去時態的優點就會消失。

【例五】表示眾數（plural）的 s 和 es

英文裏表示眾數最普通的做法，是在單數名詞後面加上 s，情形見於表格：

單數名詞	後面加上 s	眾數名詞
cat pen bee photo bridge	+ s	cats pens bees photos bridges

單數名詞結尾的字母如果是 s、ss、zz、ch、sh 或 x，變成眾數時就要加上 es；單數名詞結尾的字母如果是 o，有時也加上 es 表示眾數。上述情況顯示於表格內：

單數名詞	加 es	眾數名詞
bus miss buzz church bush hero	+ es	buses misses buzzes churches bushes heroes

至於讀音方面，表示眾數的 s 有下面三種讀法：

1. /s/：名詞根式若以不帶音輔音（嘶聲輔音（sibilants）——如 s、ʃ、tʃ 等——除外）結尾，加在後面的 s 就唸 /s/，如 cats 唸 /kæts/。

2. /z/：名詞根式若以元音或帶音輔音（嘶聲輔音——如 z、ʒ、dʒ 等——除外）結尾，加在後面的 s 就唸 /z/，如 pens 唸 /penz/、bees 唸 /biːz/、photos 唸 /'fəʊtəʊz/。

3. /ɪz/：名詞根式若以嘶聲輔音結尾（拼寫時卻以 e 結尾），變成眾數時就在字後面加上 s；這個 es 要唸作 /ɪz/，如 bridge + s 變成 bridges，唸 /brɪdʒɪz/。

表示眾數的 s 的讀音，跟表示過去時態的 -ed 一樣，對於英語人士是不成問題的，但對於沒有英語口語基礎的人來說，s 哪個時候唸 /s/，哪個時候唸 /z/，不用語音學的術語，是不容易講得清楚的。假如表示眾數的 s，分別拼作 s 和 z，那麼 s 和 z 在表音這方面無疑是清楚了，但比單以 s 來表示眾數卻少了一些獨特性。所以表示眾數的 s，假如分別寫成 s 和 z，對於英語人士來說，這個好處並不大，而對於外國學生來說，這個好處也同時帶來一些弊處。

s 的讀音討論過了，現在看 es。

es 有下面兩個讀音：

1. /ɪz/：es 在嘶聲輔音之後唸 /ɪz/，如 buses 唸 /bʌsɪz/、misses 唸 /mɪsɪz/、buzzes 唸 /bʌzɪz/、churches 唸 /tʃɜːtʃɪz/。

2. /z/：es 在 o 後唸 /z/，如 heroes 唸 /'hɪərəʊz/。

單從表音的角度看，es 寫成 ez 似乎較為理想，但 ez 字形跟 es 比較，離開表示眾數的 s 更遠了。

有人會問，這裏的 es 索性就寫成 s，可以不可以？答案是：對於那些以 o 字母結尾的單數名詞來說，這個方法不錯，因為現在我們要強記以 o 結尾的單數名詞，在變成眾數時哪個要加上 s，哪個要加上 es。但對於以 s、ss、zz、ch、sh 和 x 字母結尾的那批字來說，es 寫成 s 就跟其讀音有嚴重的矛盾，例如 bus 加上 s 就變成 *buss，而 *buss 跟 /bʌsɪz/ 這個讀音相去頗遠，所以在英文中分別以 s 和 es 表示眾數，基本上是合理的。

【例六】garage

garage 這個英文字，英國人一般唸 /'gærɑːʒ/，部份英國人唸 /'gærɪdʒ/，而美國人一般唸 /gə'rɑːʒ/。字尾 -age 唸 /ɑːʒ/，表示 garage 這個字源於法文。字尾 -age 唸 /ɑːʒ/ 的其他例子有 massage、sabotage、camouflage 等。英文在借用外文時，基本上是整個字搬過來的，字的拼法基本上跟原文一樣，字音也盡量模仿原字的讀音，所以英文的拼寫法亦包括很多外文的拼寫法，例如法文借字字尾 -age 唸 /ɑːʒ/，跟法文原字的讀音頗接近，但外文借字在英語使用的日子久了，就慢慢會為英語同化，英語化了的 -age 在字尾唸輕音的 /ɪdʒ/，例子有 voyage、language、baronage、homage 等，所以 garage 這個字，部份英國人會唸 /'gærɪdʒ/。到現時為止，garage 唸 /'gærɪdʒ/，已經愈來愈普遍了。

【例七】*ghoti 和 fish

大文豪蕭伯納（Bernard Shaw）曾經挖苦英文的拼寫法說，fish /fɪʃ/ 一詞大可寫作 *ghoti，因為：

（1） gh 可讀 /f/，如 enough；

（2） o 可讀 /ɪ/，如 women；

（3） ti 可讀 /ʃ/，如 nation；

若有人信以為真，這表示他不明白英文的拼寫法，因為：

（1） gh 在字尾的確有時可唸 /f/，但在字頭出現時就只能唸 /g/，如 ghost、ghoul、ghetto、ghastly 等。在這裏順帶一提，字首是 gh 那批字，都帶有比較否定的意義。

（2） 在中古英語時代，w、i、m、u 和 n 的手寫體，通常都是

由沒有橫劃連起來的豎筆組成，wim 連寫後變成 ||| | ||| 這個樣子，字形很不清晰。o 字母就在這情形下取代了 i 或 ii，用來表 /'wɪmən/ 這詞之第一個元音，這條以 o 表示 /ɪ/ 的英文拼寫規則，只適合於 women 一詞。*ghoti 這字應該劃分為 gho·ti 兩個音節，重音放在第一個音節上，而在開音節中，o 重音時應唸 /əʊllоʊ/，如 go，no·body，所以 gho-唸 /'gəʊ/。

（3） ti 唸 /ʃ/ 是有條件的，ti 在字尾只能唸 /tɪ/，如 Haiti /'heɪtɪ/。ti 後面跟着 on、al、a 才唸 /ʃ/。-tion 唸 /ʃᵊn/，表示抽象名詞的字尾，如 communication、nation、occupation 等。

總結上面三點，/fɪʃ/ 一詞不能用 *ghoti 去拼寫，*ghoti 只能唸 /'gəʊtɪ/。

*ghoti 和 fish 這個例子，説明英文拼寫法有下面一些規則：

（1） 在英文的拼寫系統裏，每個或每組字母基本上是表示音素的。例如在 fish 這個字中，f 表示 /f/，i 表示 /ɪ/，而 sh 表示 /ʃ/；又例如在 *ghoti 這個“字”中，gh 表示 /g/，o 表示 /əʊ/，t 表示 /t/，而 i 則表示 /ɪ/。在英文中，很多字的拼寫其實是充份反映其讀音的，例如 pin、pen、pan；tin、ten、tan 等。

（2） 每個英文字的拼寫，其實都一定程度顯示它的讀音，像 gh 這組字母，其讀音的可能性其實不多（gh 可表示 /g/，如 ghost；可表示 /f/，如 rough；亦可無音，如 light），而在某些情形下，則可能只有一種讀音（如在字頭的 gh 只表示 /g/）。英文的拼寫法相當多，上面幾個例子只説明了一部份比較重要的規則；關於英文拼寫另外一些規則，可參閱第四、五兩章音素、字母對照表中“注意”一欄。

更多從拼寫找出讀音的例子，特別是在雙音節和多音節的字中，請見附錄（四）。

二、如何學習英文的拼寫

想將英文字拼寫正確，要（1）讀音正確；（2）認識英文的拼寫規則；（3）用心去記字的拼法；（4）大量閱讀；（5）多寫作。現詳細解釋每一點。

（1）讀音要正確

上文説過，英文字母基本上是表示音素的，讀音跟字母有很密切的關係，因此，某英文字的讀音不正確，拼錯字的機會就比較高。例如 smart 這個字，正確的讀音是 /smɑːt||smɑːrt/，我們假如錯誤讀作 */smɑːk||smɑːrk/[4]，就會將字拼作 *smark。textbooks /'tekstbʊk/、think /θɪŋk/ 和 romantic /rəʊ'mæntɪk/ 分別誤寫成 *testbook */'testbʊk/、thing /θɪŋ/ 和 *romatic */rəʊ'mætɪk/，相信是因為讀音不正確所致。

要克服讀音不正確的困難，最好的辦法，是多聽英語人士説英語，同時亦要努力學習使用國際音標，有空時翻閱字典，憑着音標的幫助，找出字母跟讀音的關係。學英文生字時要注意其正確的讀音，小心領會讀音跟字母的關係。

④ 這部份所有的例子都是從香港學生的作文試卷中找到的。

(2) 要認識英文拼寫的規則

上文説過，英文字母的讀音，常常要看它在字內哪個位置而定。例如 true 這個字，正確的讀音是 /truː/，但有人誤寫作 *ture，r 的位置變了，字的讀音就變得很厲害。輕音的 -ture 唸 /tʃə/，如 pasture /'pɑːstʃəll'pæstʃər/，重音的 *ture 唸 /tjʊəlltjʊᵊr/。felt /felt/ 誤寫成 *flet */flet/，surprised /sə'praɪzd/ 誤寫為 *suprised */sjuː'praizd/，相信也是拼寫觀念薄弱所致。

本章第一部份有關英文拼寫原理的介紹，與第四、五兩章音素、字母的對照表，相信有助於培養一個正確的拼寫觀念。更多例子請見附錄（五）。

(3) 字的拼法要用心去記

讀音正確了，拼寫的觀念亦相當強，卻並不表示就一定會記得某字的寫法。由於文字着重在視覺上區分語詞，所以同音異寫在每一種文字中都是普遍現象。/raɪt/ 這個音就可以有 right、wright、Wright、rite、write 等的寫法，每種寫法都符合英文拼寫的規則，所以還是必須要用心去記個別英文字的拼法。

(4) 大量閱讀

大量閱讀程度適合自己的英文讀物有很多好處，其中一個好處，就是將字的拼法鞏固在我們的記憶裏。一個字愈常見，它的拼法也愈容易記，這個道理很顯淺，要徹底實行這個方法。

(5) 多寫作

多用英文寫作有很多好處，其中一個好處，是要我們將每個要寫的字都拼出來。有人會說，字是寫出來了，但可能會拼錯，我們又有甚麼方法可以知道呢？方法有很多種，其中一個簡單可行的辦法，是要求自己每日花十餘分鐘唸誦一小段有趣或實用的英文，一邊唸，一邊思考文字的內容、結構等，然後將文字背默出來，之後再核對原文。這個學習英文的方法有很多好處，其中一個好處是可以練習拼寫。

常見拼寫錯誤舉隅

為了加強拼寫觀念，筆者在香港學生的英文作文試卷中，搜集了一些拼錯的字，按英文拼寫法分析這些字，試圖找出其犯錯的原因，再將原因分類。在每類原因下，列表對照正誤兩字的拼法和讀音，並指出錯誤的可能根源。

A. 下列的錯字，大概因為讀音唸得不對，所以拼錯：

1. 要注意音節結尾的 /t/ 、 /d/ 音。

正確寫法 / 讀音	錯誤寫法 / 讀音	錯誤的原因
send /send/	*sent * /sent/ e.g. I'll *sent him a card.	在廣東話中，音節結尾沒有 /t/ 、 /d/ 的區別，但在英語中卻有這個區別。
spend /spend/	*spent * /spent/	同上。
sad /sæd/	*sat * /sæt/	同上。
student /'stjuːdənt/	*studen * /'stjuːdən/	在廣東話中，音節可用 /n/ 結尾，但不能用 /nt/ 結尾，但在英語中卻可用 /n/ 或 /nt/ 結尾，要注意 /t/ 音的存在。

正確寫法 / 讀音	錯誤寫法 / 讀音	錯誤的原因
find /faɪnd/	*fine * /faɪn/	犯錯的學生在學英語時，沒有注意字尾 /-n/ 和 /-nd/ 的分別。

2. 要注意音節開首 /t/ 、 /d/ 音的區別。

正確寫法 / 讀音	錯誤寫法 / 讀音	錯誤的原因
kindergarten /ˌkɪndə'gɑːtən/	*kindergarden * /ˌkɪndə'gɑːdən/	犯錯的學生在學 kindergarten 這個字時可能不夠小心，受了英文 garden 一字的影響，不知道這個字其實來自德文，把它看成 *kindergarden 。

3. 要注意 /r/ 音是否存在，以及 /r/ 在音節哪一個位置。

正確寫法 / 讀音	錯誤寫法 / 讀音	錯誤的原因
fight /faɪt/	*fright * /fraɪt/	廣東話沒有 /r/ 音，而英語卻有。犯錯的學生可能以為加入 /r/ 音後，字音就更接近英語了。
speech /spiːtʃ/	*spreech * /spriːtʃ/	同上。
Aberdeen /ˌæbə'diːn/	*Abredeen * /ˌæbrə'diːn/	輕音的 -ber 唸 /bə/ ，而 -bre 則唸 /brə/ ，犯錯的學生可能不知道這個分別。

正確寫法 / 讀音	錯誤寫法 / 讀音	錯誤的原因
library /'laɪbrərɪ/	*liberey * /'laɪbərɪ/ *liberary * /'laɪbərərɪ/	沒有留意 /brə/ 和 /bə/ 的分別。 沒有留意錯字多了一個音節。

4. 要注意音節結尾的 /k/ 音。

正確寫法 / 讀音	錯誤寫法 / 讀音	錯誤的原因
breakfast /'brekfəst/	*breadfast * /bredfəst/	沒有注意 /-ed/ 和 /-ek/ 兩音的分別，亦可能將 breakfast 這個字跟麵包 bread 聯想起來。
practice /'præktɪs/	*pratice * /prætɪs/	由於 /k/ 音用 c 來拼，而且後面緊接着另一個輔音，很容易就把它漏掉了。

5. 要注意音節結尾 /dʒ/ 和 /tʃ/ 的分別。

正確寫法 / 讀音	錯誤寫法 / 讀音	錯誤的原因
language /'læŋgwɪdʒ/	*langach * /'læŋgɪtʃ/	在廣東話中，音節不能以 /tʃ/ 或 /dʒ/ 結尾；因此可能沒有留意音節結尾 /dʒ/ 和 /tʃ/ 的分別。輕聲的 gu 唸 /gw/，跟輕聲的 g 唸 /g/ 比較，分別頗大。

6. 要注意 /l/ 音的存在。

正確寫法 / 讀音	錯誤寫法 / 讀音	錯誤的原因
replied /rɪ'plaɪd/	*repaied */rɪ'peɪd/	在廣東話中，沒有 pl、bl、ln 等這樣的輔音羣；可能因此不能將 replied 這字唸得準確。pie 唸 /paɪ/，plie 故唸 /plaɪ/；*paied 大概只能唸 /peɪd/。

7. 要注意 /e/ 和 /æ/ 的分別。

正確寫法 / 讀音	錯誤寫法 / 讀音	錯誤的原因
parent /'pærənt/	*perent */'perənt/	廣東話沒有 /æ/ 和 /e/ 的區別，但英語卻有，要留意。
mental /'mentəl/	*mantel */'mæntəl/	同上。

8. 要注意 /iː/ 和 /ɪ/ 的分別。

正確寫法 / 讀音	錯誤寫法 / 讀音	錯誤的原因
believe /bɪ'liːv/	*belive */bɪ'lɪv/	廣東話沒有 /iː/ 和 /ɪ/ 的區別，但英語卻有。

9. 要注意 /ʌ/ 和 /ə/ 的分別。

正確寫法 / 讀音	錯誤寫法 / 讀音	錯誤的原因
umbrella /ʌm'brelə/	*ambrella * /əm'brelə/	/ʌm/ 和 /əm/ 兩音分別不大，因此相當容易弄錯。

10. 要注意 /ɔː/ 和 /ɒ/ 的分別。

正確寫法 / 讀音	錯誤寫法 / 讀音	錯誤的原因
normally /'nɔːməlɪ/	*nomally * /'nɒməlɪ/	廣東話沒有 /ɔː/ 和 /ɒ/ 的區別，但英語卻有。

11. 要注意 /j/ 音的存在。

正確寫法 / 讀音	錯誤寫法 / 讀音	錯誤的原因
lawyer /'lɔːjə/	*lawer * /lɔːə/	可能因為將 lawyer 唸成 */lɔːə/，所以將字拼寫錯了。

B. 下列的錯誤，主要是因為英文拼寫觀念薄弱而致：

正確寫法 / 讀音	錯誤寫法 / 讀音	注意
planned /plænd/	*planed * /pleɪnd/	planned 劃分為 plan·ned，而 *planed 則劃分為 plane·d。plan 唸 /plæn/，而 plane 唸 /pleɪn/，跟 lane /leɪn/ 押韻。

正確寫法 / 讀音	錯誤寫法 / 讀音	注意
unwrapped /ʌn'ræpt/	*unwraped */ʌn'reɪpt/	unwrapped 劃分為 un·wrap·ped。而 *unwraped 則劃分為 un·wrape·d。wrap 唸 /ræp/，而 *wrape 唸 /reɪp/，跟 rape /reɪp/ 同音。
dinner /'dɪnə/	*diner */'daɪnə/	dinner 劃分為 din·ner，而 *diner 則劃分為 dine·r。din 唸 /dɪn/，跟 tin /tɪn/ 押韻；dine 唸 /daɪn/，跟 line /laɪn/ 押韻。
lonely /'ləʊnlɪ/	*loney */'lʌnɪ/	lonely 劃分為 lone·ly，*loney 則可劃分為 *lon·ey。lone 唸 /ləʊn/，跟 bone、cone 押韻，輕音的 ly 唸 /lɪ/，如 early /'ɜːlɪ/；*lon·ey 唸 */'lʌnɪ/，如 hon·ey、mon·ey 分別唸 /'hʌnɪ/、/'mʌnɪ/。
lucky /'lʌkɪ/	*luckly */'lʌklɪ/	輕音的 ky 唸 /kɪ/，而 ly 則唸 /lɪ/。
naughty /'nɔːtɪ/	*naughtly */'nɔːtlɪ/	輕音的 ty 唸 /tɪ/，而 ly 則唸 /lɪ/。
argument /'ɑːgjumənt/	*agrument */ə'gruːmənt/	argument 劃分為 ar·gu·ment，而 *agrument 則劃分為 a·gru·ment。重音的 ar 唸 /ɑː/，跟 far /fɑː/ 押韻；輕音的 gu 唸 /gju/。輕音的 a 唸 /ə/，如 about /ə'baʊt/ 的第一個音節；重音的 gru 唸 /gruː/，如 gru·el /'gruːəl/ 第一個音節。

正確寫法 / 讀音	錯誤寫法 / 讀音	注意
journey /'dʒɜːnɪ/	*jounry * /'dʒaʊnrɪ/	journey 劃分為 jour·ney，而 *jounry 則劃分為 joun·ry。重音的 jour 唸 /dʒɜː/，如 courtesy 唸 /'kɜːtɪsɪ/、scourge 唸 /skɜːdʒ/；輕音的 ny 唸 /nɪ/，如 sunny 唸 /'sʌnɪ/。重音的 joun 唸 /dʒaʊn/ 如 joun·ce 唸 /'dʒaʊns/；輕音的 ry 唸 /rɪ/，如 very 唸 /'verɪ/。
headache /'hedeɪk/	*headahce * /'hedəs/	ache 唸 /eɪk/，因為 ch 唸 /k/；ache 跟 cake /keɪk/ 押韻。輕聲的 ah 唸 /ə/，而 ce 則唸 /s/。
afraid /ə'freɪd/	*afriad * /ə'fraɪəd/	aid 唸 /eɪd/，而 raid 唸 /reɪd/，所以 afraid 唸 /ə'freɪd/；friar 唸 /'fraɪə/，而 triad 唸 /traɪəd/，所以 *afriad 唸 * /ə'fraɪəd/。
essay /'eseɪ/	*eassy * /'iːsɪ/	essay 劃分為 es·say，而 *eassy 則劃分為 *eas·sy。重音的 es 唸 /es/，輕音的 say 唸 /seɪ/，所以 essay 唸 /'eseɪ/；重音的 eas 唸 /iːs/，輕音的 sy 唸 /sɪ/，所以 *eassy 唸 * /'iːsɪ/。
tired /'taɪəd/	*tried * /traɪd/	tired 唸 /taɪəd/，跟 wired /waɪəd/ 押韻；tried 唸 /traɪd/，跟 cried /kraɪd/ 押韻。

正確寫法 / 讀音	錯誤寫法 / 讀音	注意
addict /'ædɪkt/	*adict */ə'dɪkt/	addict 劃分為 ad·dict，而 *adict 則劃分為 *a·dict。重音的 ad 唸 /'æd/，跟 bad /bæd/ 押韻；輕音的 dict 唸 /dɪkt/。輕音的 a 唸 /ə/，如 ago 唸 /ə'gəʊ/，重音的 dict 唸 /'dɪkt/，如 dictum 唸 /'dɪktəm/。
although /ɔːl'ðəʊ/	*athough */ə'ðəʊ/ *althought */ɔːl'θɔːt/ *altough */ɔːl'tʌf/	though 唸 /ðəʊ/， *athough 故唸 */ə'ðəʊ/， thought 唸 /θɔːt/， *althought 故唸 */ɔːl'θɔːt/。 tough 唸 /tʌf/， *altough 故唸 */ɔːl'tʌf/。
thought /θɔːt/	*though */'ðəʊ/	thought 唸 /θɔːt/，但 though 卻唸 /ðəʊ/，要牢記兩字的讀音。
future /'fjuːtʃə/	*furture */'fɜːtʃə/	重音的 fu 唸 /fjuː/，跟 fur 唸 /fɜː/ 很不同。
course /'kɔːs/	*couse */kaʊs/	cour- 唸 /kɔː/，與 four、pour 同韻，-se 唸 /s/ 或 /z/；course 故唸 /kɔːs/。*couse 唸 */kaʊs/，跟 mouse、house 押韻。
always /'ɔːlweɪz/	*alaways */'ɔːləweɪz/	重音的 al 唸 /ɔːl/，而 *ala 可唸 /'ɔːlə/、/'ælə/、/ə'læ/ 或 /'ɑːlə/。
continue /kən'tɪnjuː/	*continuse */kən'tɪnjuːz/	作"繼續"解的英文字唸 /kən'tɪnjuː/，不是唸 /kən'tɪnjuːz/，要注意每個英文字的正確讀音。

正確寫法 / 讀音	錯誤寫法 / 讀音	注意
hungry /'hʌŋgrɪ/	*hundry */'hʌndrɪ/	作"肚子餓"解的英文字唸/'hʌŋgrɪ/，不是*/'hʌŋdrɪ/。
angry /'æŋgrɪ/	*angery */'æŋgərɪ/	名詞 anger 唸 /'æŋgə/，而形容詞 angry 則唸 /'æŋgrɪ/，不是 /'æŋgərɪ/。
nervous /'nɜːvəs/	*nervious */'nɜːvɪəs/	重音的 ner 唸 /nɜː/。輕音的 vous 唸 /vəs/，如 famous /'feɪməs/；輕音的 -vious 唸 /vɪəs/，如 obvious /'ɒbvɪəs/。
consume /kən'sjuːm/	*consum */kən'sʌm/	consume 唸 /kən'sjuːm/，與 assume，presume 同韻，不唸 */kən'sʌm/。consumption 才唸 /kən'sʌmpʃən/。
permission /pə'mɪʃən/	*permittion */pə'mɪtʃən/ *premition */prə'mɪʃən/	permission 唸 /pə'mɪʃən/，與 mission 同韻，不唸 /pə'mɪtʃən/。/pə'mɪʃən/ 跟 */prə'mɪʃən/ 的音並不相同。
unforgettable /ˌʌnfə'getəbəl/	*unforgetable /ˌʌnfə'giːtəbəl/	unforgettable、regrettable 均有兩個 t，而 suitable、lamentable 兩字只有一個 t。一個字最後一個音節，如以單個輔音字母結尾，而單元音字母又唸重音的話，（如 forget、regret），後面加 able 時，最後那個輔音字母就要重複。

C. 下列的錯誤，大概是因為學習生字時粗心大意而致：

（這裏正確的字跟錯字同音，所以不再把讀音標注出來。）

正確寫法	誤拼作	注意
careful	*carefull	字尾的 -ful 從來不寫作 -full，雖然意思跟 full 這字有密切關係。
helpful	*helpfull	同上。
until	*untill	until 只有一個 "l"；而意思跟 until 非常接近的 till 卻有兩個 "l"。
forty	*fourty	一是 one，十是 ten；二是 two，二十是 twenty；三是 three，三十是 thirty；四是 four，四十是 forty；五是 five，五十是 fifty。換句話説，由一至五，變十位數時，都不能單在後面加上 -ty。只要記着上面一點，四十就不會寫成 *fourty。
habit	*habbit	可能有人認為 /'hæbɪt/ 拼作 *habbit 更符合英文拼寫的規則，但其實 habit 的拼法也是合乎規則的。
receive	*recieve	receive、receipt、receiver 三個意思有密切關係的字，其 /iː/ 音都是以 ei 拼寫的。記得任何一字的拼法，有助記起另外兩個字的拼法。

正確寫法	誤拼作	注意
photos	*photoes	photos、kilos、memos 分別是 photographs、kilograms 和 memorandums 的縮寫。從上面的例子可以見到下面一點：縮寫字如以 o 結尾，變成眾數時，在後面加上 s 就可以。
cannot	*can not	在英國，英文拼寫法規定 can 加 not 連寫成 cannot。這條規則很特別，只適用於 can 一字。跟 can 作用類似的其他字（如 could、may、might 等），如果後面的字是 not 時，一律不得連寫，如 could not、may not 等。
conference	*confrence	conference 可唸 /'kɒnfərəns/ 或 /'kɒnfrəns/，但 confrence 不能唸 /'kɒnfərəns/。
patience	*patiance	patience 和 patient 兩字的 /ʃən/ 音均拼作 -tien。
resist	*resiste	resist、persist、consist 三字均以 -sist 結尾。
worry	*worrey	worry 跟常用字 sorry 字形相當相似。
successful	*succesful	記着 success 的拼法是 su<u>cc</u>e<u>ss</u>，加 ful 變成 successful。
quarrel	*quarrell	quarrel 跟常用字 travel 一樣，均以 el 結尾。

正確寫法	誤拼作	注意
knowledge	*knowlage	動詞 know 加 ledge 變成 know 的名詞 knowledge，唸 /'nɒlɪdʒ/，跟 know 唸 /nəʊ/ 非常不同，動詞 + ledge 變成名詞，knowledge 相信是孤例。
society	*sociaty	society、piety、sobriety 均以 -iety 結尾。

看過這麼多例子分析，現在請做後面的練習，看看自己的拼寫觀念是否比以前強了。

練習與思考

一、找出劃線部份讀音不同的單字，將正確的答案寫在括號裏。

( ) 1. A. action B. ache C. make D. name

( ) 2. A. bake B. bat C. saddle D. sand

( ) 3. A. these B. evil C. devil D. she

( ) 4. A. best B. me C. red D. wet

( ) 5. A. fine B. like C. wife D. Miss

( ) 6. A. minister B. five C. sister D. disk

( ) 7. A. old B. fox C. fold D. know

( ) 8. A. oak B. sob C. Oxford D. odd

( ) 9. A. fuss B. utensil C. university D. usually

( ) 10. A. butter B. button C. universal D. robust

( ) 11. A. cried B. jumped C. phoned D. robbed

( ) 12. A. listened B. wanted C. regretted D. faded

( ) 13. A. laughed B. grasped C. fretted D. kicked

( ) 14. A. photos B. bees C. cakes D. hens

( ) 15. A. bananas B. pears C. grapes D. apples

( ) 16. A. churches B. buses C. fishes D. mangoes

( ) 17. A. language B. bandage C. message D. massage

( ) 18. A. camouflage B. garage C. coinage D. sabotage

( ) 19. A. congestion B. digestion C. limitation D. question

( ) 20. A. nation B. question C. citation D. dictation

二、找出下列單字正確的音標，將正確的答案寫在括號裏。

( ) 1. important A. /ɪm'pɔːtnt/ B. /ɪm'pɔːtn/

( ) 2. stupid A. /'stjuːpit/ B. /'stjuːpid/

( ) 3. frightened A. /'fraɪtnd/ B. /'faɪtnd/

( ) 4. February A. /'febuəri/ B. /'februəri/

( ) 5. practice A. /'prætis/ B. /'præktis/

( ) 6. success A. /sək'ses/ B. /sə'ses/

( ) 7. midget A. /'mɪtʃit/ B. /'mɪdʒit/

( ) 8. garage A. /'gærɑːʒ/ B. /'gærɑːʃ/

( ) 9. reply A. /rɪ'plaɪ/ B. /rɪ'paɪ/

( ) 10. blank A. /blæŋk/ B. /bæŋk/

( ) 11. mentor A. /'mentɔː(r)/ B. /'mæntɔː(r)/

( ) 12. saxophone A. /'seksəfəʊn/ B. /'sæksəfəʊn/

( ) 13. feet A. /fiːt/ B. /fit/

( ) 14. rid A. / riːd/ B. /rɪd/

( ) 15. umbrella A. /ʌm'brelə/ B. /əm'brelə/

( ) 16. computer A. /kəm'pjuːtə(r)/ B. /kʌm'pjuːtə(r)/

( ) 17. ordinary A. /'ɔːdneri/ B. /'ɔdneri/

( ) 18. Oxford A. /'ɔːksfəd/ B. /'ɒksfəd/

( ) 19. behavior A. /bɪ'heɪvjə/ B. /bɪ'heɪvə/

( ) 20. familiar A. /fə'mɪlə/ B. /fə'mɪljə/

三、把下列單字跟正確的音標用線連接起來。

although	/ðəʊ/
though	/draʊt/
thought	/θɔːt/
ought	/bɔːt/
fought	/fɔːt/
bought	/ɔːt/
brought	/brɔːt/
drought	/ɔːl'ðəʊ/

四、問答題。

1. studying 這個字，有人誤寫成 *studing。按照英文拼寫法，*studing 應該怎樣唸？跟 studying 的讀音有沒有不同？

答案：*studing 唸 /________/，而 studying 則唸 /________/，兩個讀音是__________的。

2. baby 這個字，有人不小心寫成 *bady，*bady 應該怎樣唸？

答案：*bady 唸 /________/，與______________同韻。

3. 試分述 quite 與 quiet 兩字的讀音跟其字母的關係。

答案：quite 唸 /______________/：

qu 唸 /________/，i 唸 /________/，而 te 唸 /________/；

quiet 唸 /______________/：

qu 唸 /________/，i 唸 /________/，而 et 唸 /________/。

4. calm 這個字，有人誤寫成 *clam。*clam 應該怎樣唸？跟 calm 的讀音 /kɑːm/ 有沒有分別？

答案：*clam 唸 /____________/，與______________同韻，跟 /kɑːm/ 的讀音____________。

5. lead 可唸 /liːd/，亦可唸 /led/，這個現象在中文叫甚麼？/siː/ 這個讀音，可以有 see、sea 的寫法，這種現象在中文又叫甚麼？哪一種現象較為普遍？為甚麼呢？

答案：前者的現象叫________________，而後者的現象叫______________。______________較______________普遍，因為____。

6. /riːd/ 這個讀音，可以有多少個寫法？而 read 這個字，又可以有多少個讀法？

答案：/riːd/ 可以寫作____________，而 read 可唸__________。

7. Sony 這個牌子名字，香港人一般唸 /'sɒnɪ/，但英美人士卻一般唸另外一個音。試從 So·ny 這個音節劃分法，找出他們的讀音來？

答案：Sony 可唸 /______________/。

第四章

英語音素與字母的關係

本章分兩部份，先後用表列出英語元音、輔音跟字母的關係。錄音示範請參閱附錄（三）第二部份。

第一部份將英語各元音跟字母的關係，逐一用表列出來，其次序如下：

次序（表）	1	2	3	4	5	6	7	8	9	10
元音	iː	ɪ	e	æ	ɑː	ɒ	ɔː	ʊ	uː	ʌ
頁碼	69	76	88	95	101	107	113	119	122	127

次序（表）	11	12	13	14	15	16	17	18	19	20
元音	ɜː	ə	eɪ	əʊ	aɪ	aʊ	ɔɪ	ɪə	eə	ʊə
頁碼	134	139	141	150	157	163	166	168	171	173

表一介紹 /iː/ 跟字母的關係，表二則介紹 /ɪ/ 跟字母的關係，如此類推。

每個表在開首時，都會列出元音音素的各種字母表示方式。元音音素當然由元音字母 a、e、i、o、u、y 去表示，但元音字母前後的輔音字母，亦會影響元音字母的音值，所以在列出元音音素的各種字母表示方式時，元音字母及其前後的輔音字母，是要一併考慮在內的。現以 /iː/ 為例，說明上述的意思。/iː/ 這個元音音素，可以用下列五種字母方式表示出來：(1) e 字母；(2) ea 字母；(3) ee 字母；(4) ei 字母；(5) ie 字母。五種字母方式的排列先後依照 a、e、i、o、u、y 這個一般的次序而定。元音字母前後之輔音字母的排列次序，則按其音值（即字母所代表的音）而定，先排塞音，再排塞擦音、摩擦音、鼻音、邊音、半元音，次序如下：

次序	1	2	3	4	5	6	7	8	9	10	11	12
輔音	p	b	t	d	k	g	tʃ	dʒ	f	v	θ	ð
頁碼	174	174	174	174	174	175	175	175	175	175	176	176

次序	13	14	15	16	17	18	19	20	21	22	23	24
輔音	s	z	ʃ	ʒ	h	m	n	ŋ	l	r	j	w
頁碼	176	176	176	176	177	177	177	177	178	178	178	179

每個表分左、中、右三欄，左面一欄列出字母，中間一欄為例子（第一個例子的讀音有音標顯示），右面一欄指出例外或提供撮要，讀者宜留意。

標音的 / / 之內如有 ‖ 隔開兩組音標時，左面的音標表示英國 R.P. 的讀音，右面的音標表示美國的 General American 讀音。

現在介紹 /ɜːʳ/ 和 /ᵊr/ 兩個特別的音標。/ɜːʳ/ 的另一個寫法是 /əʳ/，即是發 /ə/ 這個音時，舌頭差不多同時捲起來，形成 r 的音式，這是美國語音獨有的。/ᵊr/ 表示 /ə/ 音可有可無。

第一部份的列表顯示，元音音素的字母表示方式有很多種。

第二部份用一個大表顯示輔音音素跟字母的關係，其排列的次序跟第一部份輔音音素排列的次序一樣。這部份的大表顯示，輔音音素的字母表示方式，遠比元音的簡單。

關於表內的略語，（形）表示形容詞，（動）表示動詞，（名）表示名詞。

本章的大綱介紹過了，現在看看英語元音、輔音跟字母的對照表。先看元音。

一、元音音素跟字母的關係

【表一】/iː/

① e　③ ee　⑤ ie
② ea　④ ei

字母	例子	注意
① e		
-e	E /iː/ be me he we she （be, me, he, we, she 讀強音） ether complete deplete these	e + r- 多唸 /ɪr/， 如 e·rase /ɪ'reɪz/， e·rect /ɪ'rekt/ e + rr- 唸 /er/， 如 er·ror /'erə/。 但 err 唸 /ɜː/。
② ea		
-ea	sea /siː/ tea	-ea 亦可唸 /e/，如 leather（參看表三：5）。

字母	例子	注意
	pea flea	
-eap	leap /liːp/ heap reap	-eap 一般唸 /iːp/，但 leaped 除了唸 /liːpt/ 外，還可唸 /lept/，leapt 則只可唸 /lept/。
-eat	eat /iːt/ seat meat heat beat neat peat feat bleat	-eat 一般唸 /iːt/，但 great 卻唸 /greɪt/（參看表十三：6）。
-ead	read /riːd/ lead bead mead	-ead 除了唸 /iːd/ 外，還可唸 /ed/，如 read（過去式）、lead（作‘鉛’解）。（參看表三：5）。
-eak	weak /wiːk/ peak leak teak bleak	-eak 一般唸 /iːk/，但有時唸 /eɪk/，如 break、steak。
-each	each /iːtʃ/ teach beach	-each 唸 /iːtʃ/。

字母	例子	注意
	peach reach leach	
-eaf	leaf /liːf/ sheaf	-eaf 一般唸 /iːf/，但有時唸 /ef/，如 deaf。
-eave	eave /iːv/ leave heave weave	-eave 唸 /iːv/。
-eath	beneath /bɪ'niːθ/ sheath wreath	-eath 一般唸 /iːθ/，但有時唸 /eθ/，如 death、breath（參看表三：5）。
-eathe	breathe /briːð/ wreathe	-eathe 唸 /iːð/。
-eace	peace /piːs/	-eace 唸 /iːs/。
-ease	ease /iːz/ disease please cease /siːs/ lease	-ease 一般唸 /iːz/，如 ease、disease、please；有時唸 /iːs/，如 cease、lease。
-east	east /iːst/ beast yeast	-east 唸 /iːst/。

字母	例子	注意
-eam	team /tiːm/ beam ream seam scream	-eam 唸 /iːm/。
-ean	mean /miːn/ bean dean lean jean sean wean	-ean 一般唸 /iːn/，但有時卻唸 /en/，如 meant、leant。
-eal	meal /miːl/ seal zeal deal peal steal	-eal 一般唸 /iːl/；其他讀音：real /rɪəl/，realm /relm/，health /helθ/。但注意 -ear 唸 /ɪə‖ɪ^{ə}r/，如 dear、near、hear 等。
③ ee		
-ee	bee /biː/ fee gee Lee see tree referee agree spree	除了是在法文借字的字尾，如 matinee /'mætɪneɪ/，-ee 一律唸 /iː/。

字母	例子	注意
	scree degree flee	
-eep	keep /ki:p/ sleep sheep beep peep deep seep jeep weep	-eep 一律唸 /i:p/ 。
-eet	feet /fi:t/ meet beet sheet sweet street	-eet 一律唸 /i:t/ 。
-eed	need /ni:d/ seed feed deed heed reed	-eed 一律唸 /i:d/ 。
-eek	week /wi:k/ meek leek sleek	-eek 一律唸 /i:k/ 。

字母	例子	注意
	peek reek	
-eech	beech /biːtʃ/ speech leech	-eech 一律可唸 /iːtʃ/。
-eef	beef /biːf/ reef	-eef 唸 /iːf/。
-eeve	reeve /riːv/ sleeve	-eeve 唸 /iːv/。
-eeth	teeth /tiːθ/	-eeth 唸 /iːθ/。
-eethe	teethe /tiːð/	-eethe 唸 /iːð/。
-eese	geese /giːs/ cheese	geese 唸 /giːs/； cheese 唸 /tʃiːz/。
-eeze	breeze /briːz/ freeze	-eeze 唸 /iːz/。
-eem	seem /siːm/ teem deem esteem	-eem 唸 /iːm/。
-een	seen /siːn/ been teen	-een 唸 /iːn/。

字母	例子	注意
	keen screen canteen	
-eel	eel /iːl/ feel peel heel reel keel kneel steel	-eel 唸 /iːl/。但注意 -eer 唸 /ɪə‖ɪ^{ə}r/，如 deer、cheer、jeer、queer 等。
④ ei		
-eive	receive /rɪ'siːv/	-eive 唸 /iːv/。
-eize	seize /siːz/	-eize 唸 /iːz/。
⑤ ie		
-iege	siege /siːdʒ/。	-iege 唸 /iːdʒ/。
-iece	piece /piːs/ niece	-iece 唸 /iːs/。
-ield	field /fiːld/ wield shield yield	-ield 唸 /iːld/。

【表二】/ɪ/

①a ③i ⑤ui
②e ④u ⑥y

字母	例子	注意
①a		
-ate	private /'praɪvɪt/ considerate approximate（形） appropriate（形）	-ate 在形容詞字中唸 /ɪt/，但在動詞字中則唸 /eɪt/，如 isolate、dedicate、negotiate、appropriate、approximate。
-age	village /'vɪlɪdʒ/ bandage bondage damage baggage luggage wastage courage vintage advantage postage storage sausage savage image	字尾 -age 輕音時一般唸 /ɪdʒ/；法文借字的字尾 -age 則唸 /ɑːʒ/，如 sabotage、massage、mirage。-age 重音時唸 /eɪdʒ/，如 age、cage、rage、sage、wage、stage。
②e		
-e	me /mɪ/ we he she } 讀弱音	在開音節中，e 輕音時唸 /ɪ/，但在閉音節中，e 重音時唸 /e/，如 render、bell、beck。字頭 re 如作

字母	例子	注意
	believe /bɪ'liːv/ because beneath report /rɪ'pɔːt/ repair renew replace	"再次"解，則唸 /riː/ ，如 replay 、 reload 。
ed-	e·duce /ɪ'djuːs/	在開音節中， e 輕音時唸 /ɪ/ ，重音時則唸 /iː/ ，如 e·dict 。在閉音節中， e 重音時唸 /e/ ，如 ed·it 。上面的敍述，亦適用於 ec 、 el 、 eg 等。
-ed	needed /'niːdɪd/ matted waited beloved（形） wicked（形） learned（形）	
ec-	e·clipse /ɪ'klɪps/ e·cology	其他讀音： ecosystem /'iːkəʊsɪstəm/ echo /'ekəʊ/ economics /ˌekə'nɒmɪks/ 或 /ˌɪkə'nɒmɪks/
ex-	except /ɪk'sept/ excite excuse exceed	ex- 重音時（例如在 excise（名）和 excavate 中）唸 /'eks-/ 。

字母	例子	注意
	excel excise（動） expect exact /ɪg'zækt/ exam example exaggerate	ex- 重音時（例如在 exit 和 exile 中）唸 /'eks-/ 或 /'egz-/。
eg-	Egyptian /ɪ'gɪpʃᵊn/	其他讀音： ego /'iːgəʊ/ egg /eg/
eff-	efface /ɪ'feɪs/ effect efficient	
ev-	event /ɪ'vent/ evade evolve	其他讀音： even /'iːvn/ ever /'evə/
es-	escape /ɪ'skeɪp/ escort（動） interest careless homeless kindness goodness	重音的 es-（例如在 escort（名）、escalate、estimate、rest 等字中）唸 /'es-/。
em-	emit /ɪ'mɪt/ emerge employ empower	em- 在 employ、empower 等字亦可唸 /em/；重音時，em- 就只唸 /'em/ 如 Emma、emigrate、emphasize 等。

字母	例子	注意
en-	enunciate /ɪ'nʌnsɪeɪt/ enjoy engage	en- 在 enjoy、engage 等字亦可唸 /en/；重音時，en- 就只唸 /'en/，如 enter、end。en 在法文借字中唸 /ɒnllɑːn/，如 encore、enfant。
el-	elect /ɪ'lekt/ eleven	el- 重音時唸 /'el/，如 elegant、elephant。
③ i		
-ip	ship /ʃɪp/ sip lip nip dip hip rip tip zip	-ip 一律唸 /ɪp/。
-ib	lib /lɪb/ nib rib bib fib jib	-ib 唸 /ɪb/。
-it	sit /sɪt/ bit pit	-it 重音時唸 /ɪt/，輕音時唸 /ət/ 或 /ɪt/，如 vanity、positive。

字母	例子	注意
	lit fit hit kit tit wit vanity /'vænɪtɪ/ sincerity primitive positive	
-id	did bid mid lid rid hid kid	-id 重音時唸 /ɪd/，輕音時唸 /əd/ 或 /ɪd/，如 candid /'kændɪd/ 或 /'kændəd/。
-ick	pick /pɪk/ kick lick tick thick wick	-ick 唸 /ɪk/。
-ix	six /sɪks/ mix fix	-ix 唸 /ɪks/。
-ig	big /bɪg/ pig	-ig 唸 /ɪg/。

字母	例子	注意
	dig rig wig	
-ich	rich /rɪtʃ/ Norwich	Norwich 可唸 /'nɔːwɪtʃ/，亦可唸 /'nɒrɪdʒ/。
-itch	itch /ɪtʃ/ pitch bitch witch hitch stitch	-itch 唸 /ɪtʃ/。
-idge	ridge /rɪdʒ/ bridge	-idge 唸 /ɪdʒ/。
-if	if /ɪf/	
-iff	cliff /klɪf/ stiff	-iff 唸 /ɪf/。
-ift	gift /gɪft/ lift rift	-ift 唸 /ɪft/。
-ive	give /gɪv/	five 唸 /faɪv/，hive 唸 /haɪv/。
-ith	pith /pɪθ/ smith with	with 亦可唸 /wɪð/。

字母	例子	注意
-ithe	withe /wɪθ/	withe 亦可唸 /wɪð/。
-iss	Miss /mɪs/ kiss piss bliss	-iss 唸 /ɪs/。
-isk	disk /dɪsk/ risk	-isk 唸 /ɪsk/。
-ist	list /lɪst/ mist gist fist	-ist 唸 /ɪst/。
-is	is /ɪz/ his /hɪz/ wisdom	字頭 mis- 唸 /mɪs/，如 misapply、miscalculate。
-ies	babies /'beɪbɪz/ ladies cities	表眾數的 -ies 唸 /ɪz/。
-ish	fish /fɪʃ/ wish English	-ish 唸 /ɪʃ/。
-im	him /hɪm/ Jim Tim dim rim	-im 唸 /ɪm/。

字母	例子	注意
-in	thin /θɪn/ fin win tin pin gin kin sin din bin	-in 唸 /ɪn/ 。
-int	hint /hɪnt/ tint dint lint mint	pint 卻唸 /paɪnt/ 。
-ince	since /sɪns/ mince wince	-ince 唸 /ɪns/ 。
-inge	tinge /tɪndʒ/ binge singe	-inge 唸 /ɪndʒ/ 。
-ing	sing /sɪŋ/ thing ping Ming wing string	-ing 唸 /ɪŋ/ 。

字母	例子	注意
-ink	think /θɪŋk/ drink rink pink mink sink wink blink dink	-ink 唸 /ɪŋk/ 。
-ill	ill /ɪl/ will kill bill fill gill hill mill pill till quill	
-ilk	milk /mɪlk/ silk bilk	-ilk 唸 /ɪlk/ 。
-ilm	film /fɪlm/	-ilm 唸 /ɪlm/ 。
-iln	kiln /kɪln/	kiln 亦可唸 /kɪl/ 。

字母	例子	注意
④ u		
-u	busy business minute（名，動）	-u 唸 /ɪ/ ，屬例外。可參閱 u 其他讀法（表八、九、十）。minute 作為形容詞唸 /maɪ'nju:t/ 。
⑤ ui		
-ui	build built guild guilt	-ui 唸 /ɪ/ ，屬例外。下列字 ui 都不唸 /ɪ/ ： guise guile ruin suicide suit
⑥ y		
-py	happy /'hæpɪ/ hippy puppy	-py 輕音時唸 /pɪ/ 。
-by	baby /'beɪbɪ/ Toby Crosby snobby	-by 在 standby 、 nearby 中唸 /baɪ/ 。

字母	例子	注意
-ty	city /'sɪtɪ/ forty twenty seventy aunty	-ty 重音時卻唸 /taɪ/ ，如 sty 、 style 。
-dy	lady /'leɪdɪ/ kiddy giddy	dy- 重音時多唸 /daɪ/ ，如 dying 、 dyke 、 dynamite 、 dymano 。字頭 dys- 唸 /ˌdɪs/ ，如 dysfunction 。
-ky	lucky /'lʌkɪ/ Becky	-ky 輕音時唸 /kɪ/ 。
-gy	foggy /'fɒgɪ/ doggy Biology /baɪ'ɒlədʒɪ/ Psychology	-gy 輕音時唸 /gɪ/ 或 /dʒɪ/ 。
-fy	toffy /'tɒfɪ/ sniffy stuffy fluffy	-fy 重音時唸 /'faɪ/ ，如 defy 。
-vy	navy /'neɪvɪ/ heavy ivy	-vy 輕音時唸 /vɪ/ 。
-thy	Cathy /'kæθɪ/ pithy worthy	-thy 輕音時唸 /θɪ/ 。

字母	例子	注意
-cy	icy /'aɪsɪ/ delicacy	-cy 輕音時唸 /sɪ/ 。
-sy	daisy /'deɪzɪ/ sissy /'sɪsɪ/	-sy 輕音時唸 /zɪ/ 或 /sɪ/ 。
-zy	lazy /'leɪzɪ/ crazy	-zy 輕音時唸 /zɪ/ 。
-shy	fishy /'fɪʃɪ/ flashy	shy 唸 /ʃaɪ/ 。
-my	stormy /'stɔːmɪ/ army	my 唸 /maɪ/ 。
-ny	many funny	deny 唸 /dɪ'naɪ/ 。
-ly	lovely /'lʌvlɪ/ monthly	-ly 輕音時唸 /lɪ/ 。
-ry	starry /'stɑːrɪ/ sorry berry laundry	-ry 輕音時唸 /rɪ/ 。

【表三】/e/

① a ④ e ⑦ ie

② a + re ⑤ ea ⑧ u

③ a |i/y| ⑥ eo

字母	例子	注意
① a		
-ate	ate /et/（英）	-ate 重音時多唸 /eɪt/，如 mate、fate。ate 在美國唸 /eɪt/，而在英國很多人也唸 /eɪt/。
-ame	Thames /temz/	-ame 多唸 /eɪm/，如 flame、blame。am 重音時多唸 /æm/，如 ambulance。
-an	any /'enɪ/ anyway many	-any 唸 /'enɪ/。an- 重音時多唸 /æn/，如 analyse /'ænəlaɪz/；輕音時多唸 /ən/ 如 analysis /ə'næləsɪs/。
② a + re		
-are	dare /deə‖deʳr，dæʳr/ bare mare fare hare rare ware blare	-are 唸 /ɑ:‖ɑ:r/（重音時），或 /ə‖ʳr/（輕音時）。

字母	例子	注意
	share square	
③ a |i/y|		
-aid	said /sed/	-aid 多唸 /eɪd/，如 aid、maid（參看表十三：3）。
-ain	again /ə'gen/	again 可唸 /ə'geɪn/。 -ain 多唸 /eɪn/，如 gain、faint（參看表十三：3）。
-ay	says /sez/	-ay 多唸 /eɪ/，如 say（參看表十三：4）。
④ e		
-ep	pep /pep/ pepper September tepid heptagon deputy	depend 應分析為 de + pend，所以唸 /dɪ'pend/。 ke·pi 唸 /'keɪpɪ/； te·pee 唸 /'tiːpiː/； se·pia 唸 /'siːpɪə/。
-eb	web /web/ debit pebble rebel（名）	rebel 作為動詞用時應分析為 re + bel，唸 /rɪ'bel/； de·bate 唸 /dɪ'beɪt/； de·bone 唸 /dɪ'bəʊn/，同理。

字母	例子	注意
-et	get /get/ bet let jet met net wet vet set pet	Pete 唸 /piːt/；e·ther 唸 /'iːθəll-ᵊr/；e·ternal 唸 /ɪ'tɜːnᵊl/。
-ed	bed /bed/ fed led	其他讀音： educe /ɪ'djuːs/ edict /'iːdɪkt/
-ed	red wed bled fled shed edge edit	E·den /'iːdᵊn/ needed /'niːdɪd/ waited /'weɪtɪd/ asked /askt/ （參看表二：2）
-eck	peck /pek/ reckless beck beckon deck neck	-eck 重音時唸 /ek/。
-ex	index /ɪn'deks/ lexis	字頭 ex- 作"前任"、"前度"解時唸 /eks/；當沒有

字母	例子	注意
	sex ex-chairman excavation extract（名詞） excellent	上述意思時，ex- 重音時唸 /egz, eks/ ，如 excellent /'eksələnt/ 、 exit /'egzɪt/ ；輕音時多唸 /ɪgz, ɪks/ ，如 exact /ɪg'zækt/ 、 excite /ɪk'saɪt/ 。
-eg	beg /beg/ leg peg mega negative register	其他讀音： ne·gate /nɪ'geɪt/ re·gent /'riːdʒənt/ re·gret /rɪ'gret/ re·gain /riː'geɪn, rɪ'geɪn/ le·gion /'liːdʒən/
-eft	left /left/ theft	
-ev	ever /'evə/ every never	其他讀音： fe·ver /'fiːvə/ eve /iːv/ e·ven /'iːvᵊn/ e·vent /ɪ'vent/ e·va·sive /ɪ'veɪsɪv/
eth-	ethics /'eθɪks/	e·thos 唸 /'iːθɒs‖'iːθɑːs/ 。
-es	yes /jes/ press escalate escort（名） essay	es- 輕音時唸 /ɪs/ ，如 escape 、 escort（動）。

字母	例子	注意
-est	best /best/ test west lest nest gest chest blest quest rest	-est 輕音時唸 /ɪst/ 或 /əst/ ，如 interest 。
-em	empty /'emptɪ/ gem hem Chemistry member	其他讀音： de·mist /dɪ'mɪst/ em·ploy /ɪm'plɔɪ/ de·mocracy /də'mɒkrəsɪ/
-en	hen /hen/ pen men ten den then when Ben Ken	其他讀音： de·ny /dɪ'naɪ/ en·able /ɪn'eɪbᵊl/ en·joy /ɪn'dʒɔɪ/ e·nough /ɪ'nʌf/
-ent	dent /dent/ sent went lent rent bent	-ent 重音時唸 /ent/ 。

字母	例子	注意
-end	send /send/ lend bend rend fend trend	-end 重音時唸 /end/。
-ell	tell /tel/ sell bell fell well hell smell shell dwell	el·lipsis 唸 /ɪ'lɪpsɪs/。
-eld	held /held/ weld veld elderly	-eld 重音時唸 /eld/。
⑤ ea		
ea-	dead /ded/ head read bread lead leapt deaf death breath	ea- 可唸 /iː/，如下列之字： lead read leap breathe wreath （參看表一：2）

字母	例子	注意
	feather leather health	
⑥ eo		
-eo	Geoffrey /'dʒefrɪ/ leopard	其他讀音： Le·o /'liːəʊ/ de·o·do·rant /dɪ'əʊdərənt/ ge·o- /'dʒiːəʊ/ ge·og·ra·phy /dʒɪ'ɒgrəfɪ/
⑦ ie		
-ie	friend /frend/	其他讀音： pie /paɪ/ piece /piːs/ pi·e·ty /'paɪətɪ/
⑧ u		
-u	bury /'berɪ/	-u 唸 /e/，屬例外。fury 唸 /'fjʊərɪ|'fjʊrɪ/。

【表四】/æ/

① a ② ait ③ aid

字母	例子	注意
① a		
-ap	map /mæp/ lap nap cap sap gap rap chap trap strap apple	其他讀音： ape /eɪp/ a·pex /'eɪpeks/ ap·ply /ə'plaɪ/ a·part /ə'pɑːt/
-apt	apt /æpt/ rapt	
-ab	lab /læb/ cab tab stab abacus	其他讀音： a·ble /'eɪbᵊl/ a·bout /ə'baʊt/ ab·sorb /əb'sɔːb/
-at	cat /kæt/ fat sat bat hat mat	其他讀音： at·tack /ə'tæk/ a·top /ə'tɒp/

字母	例子	注意
	pat rat chat gnat vat atlas attic	
-ad	ad /æd/ bad dad sad mad pad lad adult	ad 輕音時唸 /əd/，如： a·do /ə'duː/ ad·just /ə'dʒʌst/ a·dopt /ə'dɒpt/
-ack	back /bæk/ lack black pack rack sack slack snack shack stack	-ack 輕音時讀 /ək/，如： ac·knowledge /ək'nɒlɪdʒ/。
-ax	tax /tæks/ wax fax lax ax	-ax 重音時唸 /æks/。

字母	例子	注意
-ag	bag /bæg/ rag drag wag stag	其他讀音： a·gent /'eɪdʒənt/ a·gree /ə'griː/
-atch	catch /kætʃ/ match batch patch hatch latch snatch thatch	-atch 重音時唸 /ætʃ/。
-adge	badge /bædʒ/ cadge	-adge 重音時唸 /ædʒ/。
-aft	after /'æftᵊr/（美） shaft（美） raft（美）	-aft 在 R.P. 中唸 /ɑːft/。
-ass	ass /æs/ mass pass（美） Tass（英）	其他讀音： bass /beɪs/ brass /brɑːs‖bræs/ pass /pɑːs‖pæs/
-ash	dash /dæʃ/ mash rash bash smash trash	-ash 在 R.P. 中唸 /æʃ/。 其他讀音： wash /wɒʃ/ quash /kwɒʃ/ squash /skwɒʃ/ a·shamed /ə'ʃeɪmd/

字母	例子	注意
	crash clash ash	
-am	am /æm/（重音） dam ham ram lam slam sham ambulance	其他讀音： a·menable /ə'mi:nəbl/ a·mend /ə'mend/ a·mi·a·ble /'eɪmɪəbᵊl/ a·mount /ə'maʊnt/
-amp	lamp /læmp/ ramp damp vamp champ amplify	-amp 重音時唸 /æmp/。
-an	man /mæn/ can pan ran ban dan van animal	-an 重音時唸 /æn/。 其他讀音： any /'enɪ/ an·noy /ə'nɔɪ/ an·gel /'eɪndʒᵊl/ answer /'ɑ:nsə/ ca·nal /kə'næl/
-and	hand /hænd/ band sand strand	

字母	例子	注意
-ang	bang /bæŋ/ sang hang rang pang fang twang	-ang 重音時唸 /æŋ/ 。
-ank	bank /bæŋk/ thank drank tank rank ankle sank	-ank 重音時唸 /æŋk/ 。
-al	pal /pæl/ Pall Mall pall-mall balcony salon scalp alphabet ally	其他讀音： all /ɔːl/ pal·try /'pɒltrɪ/ sa·loon /sə'luːn/ pall /pɔːl/ mall /mɔːl, mæl/
② ait		
-ait	plait /plæt/	-ait 多唸 /eɪt/ ，如： bait /beɪt/ strait /streɪt/

字母	例子	注意
③ aid		
-aid	plaid /plæd/	-aid 多唸 /eɪd/， 如 maid（參看表十三：3）。 但 said 唸 /sed/。

【表五】/ɑː/

① a　③ al　⑤ au

② a + 輔音字母 + e　④ ar　⑥ er

字母	例子	注意
① a		
a	fa /fɑː/ fa·ther ra·ther la·ther la·ger sa·ga dra·ma so·na·ta	在開音節中，a 重音時可唸 /ɑː/，如左邊之例子；可唸 /eɪ/，如 la·dy、fa·vour；輕音時唸 /ə/，如 la·ment /lə'ment/、fa·tigue /fə'tiːg/。
-aff	staff /stɑːf/（英）	在這裏的 a，在英國唸 /ɑː/，而在美國則唸 /æ/。staff 在美國唸 /stæf/。
-aft	raft /rɑːft/（英） draft craft shaft daft after	-aft 在美國唸 /æft/。
-ath	bath /bɑːθ/（英） path	-ath 在美國唸 /æθ/。
-ass	pass /pɑːs/（英） glass	-ass 在 ass、mass 中唸 /æs/。bass 可唸 /beɪs/。

字母	例子	注意
-asp	gasp /gɑːsp/（英） rasp clasp	wasp 唸 /wɒsp/。
-ast	past /pɑːst/（英） cast mast last fast vast blast aghast elastic plastic	-ast 在美國唸 /æst/。
-ask	task /tɑːsk/（英） mask cask bask flask ask	-ask 在美國唸 /æsk/。
-am	sample /sɑːmpᵊl/（英） example	ample 在英、美均唸 /'æmpᵊl/。
-ant	grant /grɑːnt/（英） can't	-ant 在 cant 、 rant 中唸 /ænt/。
-and	demand /dɪ'mɑːnd/（英） slander	random 在英、美均唸 /'rændəm/。

字母	例子	注意
-anch	ranch /rɑːntʃ/（英） branch	-anch 在美國唸 /æntʃ/。
-ance	dance /dɑːns/（英） chance	-ance 在 finance、romance 中唸 /æns/。
-ans	answer /'ɑːnsər/（英）	answer 在美國唸 /'ænsər/；-ans 在 transfer、transit、transport、transpose 等唸 /æns/。
② a + 輔音字母 + e		
-ade	cha·rade /ʃə'rɑːd/（英）	法文借字 charade 又可唸 /ʃə'reɪd/。
-ache	mous·tache /mə'stɑːʃ/	法文借字 moustache 在美國多唸 /'mʌstæʃ/。
-age	garage /'gærɑːʒ‖gə'rɑːʒ/ camouflage	garage 是法文借字，其中一個唸法是英語化了的 /'gærɪdʒ/。
-ase	vase /vɑːz/（英）	vase 在美國多唸 /veɪs/。-ase 多唸 /eɪs/ 或 /eɪz/，如 base、erase、phrase。
③ al		
-al	calm /kɑːm/	-al 在這裏唸 /ɑː/。

字母	例子	注意
	palm half calf balm qualm halve	
④ ar		
-ar	bar /bɑːǁbɑːr/ tar mar far car star char par	war 唸 /wɔːǁwɔːr/。 -ar 輕音時唸 /ə/，如 particular。
-arp	sharp /ʃɑːpǁʃɑːrp/ carp harp	-arp 唸 /ɑːpǁɑːrp/。
-arb	barb /bɑːbǁbɑːrb/	-arb 唸 /ɑːbǁɑːrb/。
-art	art /ɑːtǁɑːrt/ part cart dart tart fart chart smart	-art 唸 /ɑːtǁɑːrt/。

字母	例子	注意
-ard	hard /hɑːd‖hɑːrd/ card tard bard	-ard 唸 /ɑːd‖ɑːrd/。
-ark	mark /mɑːk‖mɑːrk/ bark lark hark stark	-ark 唸 /ɑːk‖ɑːrk/。
-arch	arch /ɑːtʃ‖ɑːrtʃ/ march starch	-arch 唸 /ɑːtʃ‖ɑːrtʃ/。
-arge	large /lɑːdʒ‖lɑːrdʒ/ barge	-arge 唸 /ɑːdʒ‖ɑːrdʒ/。
-arf	scarf /skɑːf‖skɑːrf/	dwarf 唸 /dwɔːf‖dwɔːrf/。
-arce	farce /fɑːs‖fɑːrs/	-arce 唸 /ɑːs‖ɑːrs/。
-arse	parse /pɑːz‖pɑːrs/	-arse 唸 /ɑːz‖ɑːrs/。
-arm	arm /ɑːm‖ɑːrm/ farm harm charm army alarm	-arm 唸 /ɑːm‖ɑːrm/。

字母	例子	注意
-arn	barn /bɑːn‖bɑːrn/ darn	-arn 唸 /ɑːn‖ɑːrn/。
-arl	snarl /snɑːl‖snɑːrl/ gnarl Charles Charlie	-arl 唸 /ɑːl‖ɑːrl/。
⑤ au		
-augh	laugh /lɑːf/（英） draught	laugh 在美國唸 /læf/。 -augh 多唸 /ɔː/，如 caught、haughty、Waugh。
-aun	aunt /ɑːnt/（英）	aunt 在美國唸 /ænt/。 -aun 多唸 /ɔːn/，如 fauna、sauna。
⑥ er		
-er	clerk /klɑːk/（英） Derby sergeant	clerk 在美國唸 /klɜːʳk/。-er 多唸 /ɜː‖ɜːʳ/，如 deter、servant。

【表六】/ɒ/

① a　③ o　⑤ ow

② au　④ ou

字母	例子	注意
① a		
qua-	quad /kwɒd‖kwɑːd/ quadrant quaff qualify quality quantity quarantine quarrel quarry	quarter /ˈkwɔːtə‖ˈkwɔːrtᵊr/； quagmire 可唸 /ˈkwægmaɪə‖ˈkwægmaɪᵊr/； qua·ver 唸 /ˈkweɪvə/。
wa-	was /wɒz‖wʌz, wɑːz/（強讀） watt /wɒt‖wɑːt/ swan wallet watch	
wha-	what /wɒt/	
-alt	salt /sɒlt/	salt 又可唸 /sɔːlt/（英）； alt 多唸 /ɔːlt/，如 halt、 falter。

字母	例子	注意
② au		
au	because /bɪ'kɒz‖bɪ'kɑːz/ laurel cauliflower Laurence sausage Austria Australia	au- 可唸 /ɔː/（英），如下列之字： cause pause clause fault
③ o		
-op	top /tɒp‖tɑːp/ pop mop cop hop sop shop chop flop swop	在閉音節中，o 重音時多唸 /ɒ‖ɑː/，如 op·portunity；輕音時唸 /ə/，如 op·pose。但在開音節中，o 重音時多唸 /əʊ/，如 o·pal；輕音時可唸 /əʊ/，如 o·paque；或唸 /ə/，如 o·pinion（參看表十四：3）。下同。
-ob	sob /sɒb‖sɑːb/ rob mob snob job lobby	在閉音節中，o 重音時唸 /ɒ‖ɑː/。下同。

字母	例子	注意
-ot	pot /pɒt‖pɑ:t/ got cot dot hot lot knot rot sot shot blot plot	-ot 重音時唸 /ɒt‖ɑ:t/。
-od	odd /ɒd‖ɑ:d/ god cod nod rod plod shod	-od 重音時唸 /ɒd‖ɑ:d/。
-ock	lock /lɒk‖lɑ:k/ knock sock dock hock mock rock cock block shock stock pocket	-ock 重音時唸 /ɒk‖ɑ:k/。

字母	例子	注意
-og	dog /dɒg‖dɑ:g/ bog cog clog fog hog jog log soggy	-og 重音時唸 /ɒg‖ɑ:g/。
-oth	moth /mɒθ‖mɑ:θ/ cloth broth froth bother	其他讀音： both /bəʊθ/ clothe /kləʊð/ brother /brʌðə/ smother /smʌðə/
-oss	boss /bɒs‖bɑ:s/ loss joss toss cross impossible	-oss 重音時唸 /ɒs‖ɑ:s/。
-ost	lost /lɒst‖lɒst, lɑ:st/ cost frost	-ost 可唸 /əʊst/，如 most、host（參看表十四：5）。
-om	Tom /tɒm‖tɑ:m/ bomb sombre romp comic common	-om 重音時唸 /ɒm‖ɑ:m/；輕音時唸 /əm/，如 compose /kəm'pəʊz/。 其他讀音： company /'kʌmpənɪ/ （參看表十：1）

字母	例子	注意
-on	don /dɒn‖dɑ:n/ bonfire contract（名詞） monarchy	其他讀音： son /sʌn/ ton /tʌn/ （參看表十：1）
-ond	fond /fɒnd‖fɑ:nd/ pond bond blonde	其他讀音： London /'lʌndən/ Monday /'mʌndeɪ/
-ong	long /lɒŋ‖lɑ:ŋ/ song dong wrong strong throng Wong	其他讀音： sponge /spʌndʒ/ among /ə'mʌŋ/ （參看表十：1）
-ol	dollar /'dɒlə‖'dɑ:lər/ collar holiday lolly doll solve involve revolver volley volcanic voluntary	-ol 重音時唸 /ɒl‖ɑ:l/。
-or	sorry /'sɒri‖'sɔ:ri, 'sɑ:ri/ lorry	-or 可唸 /ɔ:‖ɔ:r/，如 or、core、bore、boring。

字母	例子	注意
④ ou		
-ou	Gloucester /'glɒstə‖glɑːstᵊr/	其他讀音： touch /tʌtʃ/ pouch /paʊtʃ/
-ough	cough /kɒf/ trough	其他讀音： tough /tʌf/ bought /bɔːt/ thought /θɔːt/ though /ðəʊ/ through /θruː/ bough /baʊ/ （參看表十：2）
⑤ ow		
-ow	knowledge /'nɒlɪdʒ/	-ow 多唸 /əʊ/，如 low、know（參看表十四：10）。

【表七】/ɔː/

① a ④ au ⑦ ore ⑩ our
② al ⑤ aw ⑧ oar
③ ar ⑥ or ⑨ oor

字母	例子	注意
① a		
wa-	water /'wɔːtə‖'wɑːtᵊr/	wa·fer 唸 /'weɪfə/。
② al		
-all	all /ɔːl‖'ɒːl/ ball wall fall call hall mall pall tall stall	-all 重音時多唸 /ɔːl‖ɒːl/。
-alt	halt /hɔːlt‖hɒːlt/ salt	
-ald	bald /bɔːld‖bɒːld/	ribald 唸 /'rɪbəld/，屬輕音。
-alk	walk /wɔːk‖wɒːk/ Falk balk talk	-alk 重音時唸 /ɔːk‖ɒk/。

字母	例子	注意
	chalk stalk	
-alse	false /fɔːls‖fɒːls/	
③ ar		
quart	quart /kwɔːt‖kwɔːrt/ quarter quartz	
war-	war /wɔː‖wɔːr/ wart warp warm warn ward award	warrant 卻唸 /'wɒrənt/。
④ au		
-au	cautious /'kɔːʃəs/ saucer	
-aught	caught /kɔːt‖kɒːt/ aught naughty haughty daughter slaughter taught	-aught 可唸 /ɑːft/，如 draught。

字母	例子	注意
-ause	pause /pɔ:z‖poz/ cause clause	
-aun	launch /lɔ:ntʃ‖lɒ:ntʃ/ saunter daunt paunch sauna	aunt 卻唸 /ɑ:nt‖ænt/。
-aul	Paul /pɔ:l‖pɒ:l/ Saul maul	
-ault	fault /fɔ:lt‖fɒ:lt/ vault	
-aulk	baulk /bɔ:lk‖bɒ:lk/ faulk	
⑤ aw		
-aw	law /lɔ:‖lɒ:/ saw paw raw jaw claw thaw draw straw awful	-aw 有時可唸 /ɒ/，如 Lawrence。

字母	例子	注意
-awk	hawk /hɔːk‖hɒːk/ awkward Fawkes	
-awn	lawn /lɔːn‖lɒːn/ pawn sawn yawn drawn fawn	
⑥ or		
-or	or /ɔː‖ɔːr/ for	
-orb	absorb /əb'sɔːb‖əb'sɔːrb/	
-ort	sort /sɔːt‖sɔːrt/ port fort	
-ord	cord /kɔːd‖kɔːrd/ ford lord sword chord	word /wɜːd‖wɜʳd/
-orth	forth /fɔːθ‖fɔːrθ/ orthodox	worth /wɜːθ‖wɜʳθ/

字母	例子	注意
-orse	horse /hɔːs‖hɔːrs/ Morse	worse /wɜːs‖wɜʳs/
-orm	dorm /dɔːm‖dɔːrm/ storm	
-orn	born /bɔːn‖bɔːrn/ corn horn morn worn sworn thorn shorn ornament	
⑦ ore		
-ore	more /mɔː‖mɔːr/ bore pore core sore lore chore shore whore before snore	

字母	例子	注意
⑧ oar		
-oar	oar /ɔːǁɔːr/ boar board soar roar	
⑨ oor		
-oor	door /dɔːǁdɔːr/ floor	moor 唸 /mʊə/， poor 唸 /pʊə/。
⑩ our		
-our	four /fɔːǁfɔːr/ pour source court course mourn	其他讀音： /ʌ/，如 courage /'kʌrɪdʒ/； /ɜː/，如 journey /'dʒɜːnɪ/； /ʊ/，如 courier /'kʊrɪə/； /ʊə/，如 tour /tʊə/； /aʊə/，如 our、hour /aʊə/。

【表八】/ʊ/

①o　②oo　③ou　④u

字母	例子	注意
①o		
-os	bosom /'bʊzəm/	
-om	woman /'wʊmən/	
-olf	wolf /wʊlf/	
②oo		比較 /uː/ 音（參看表九：5）。
-oop	hoop /hʊp/	-oop 多唸 /uːp/，如 loop。
-oot	foot /fʊt/ soot moot	-oot 多唸 /uːt/，如 root、boot。
-ood	good /gʊd/ wood hood stood	-ood 可唸 /uːd/，如 food、mood。
-ook	look /lʊk/ cook rook book took hook	spook 卻唸 /spuːk/。

字母	例子	注意
-oof	hoof /hʊf/	-oof 多唸 /uːf/，如 roof、aloof。
-ool	wool /wʊl/	-ool 多唸 /uːl/，如 cool、pool。
③ ou		
-ould	could /kʊd/ would should	l 在這裏是無音的。
-our	courier /'kʊrɪə/	參看表七：10，-our。
④ u		
-ut	put /pʊt/	在閉音節中，ut 重音時多唸 /ʌt/，如 shut、cut、hut（參看表十：3）。
-ud	pudding /'pʊdɪŋ/	puddle /'pʌdᵊl/ student /'stjuːdənt/
-utch	butcher /'bʊtʃə/	clutch /klʌtʃ/
-ush	push /pʊʃ/ bush cushion	-ush 有時唸 /ʌʃ/，如 rush、blush。

字母	例子	注意
-ull	full pull bull	-ull 可唸 /ʌl/，如 dull、lull。
-ur	jury guru	-ur 多唸 /jʊər‖jʊr/，如 mural、bureau、curious、durable、fury。

【表九】/uː/

① ew
② o
③ o + 輔音字母 + e
④ oe
⑤ oo
⑥ ou
⑦ u
⑧ u + 輔音字母 + e
⑨ ue
⑩ ui
⑪ w + o

字母	例子	注意
① ew		
-ew	drew /druː/ chew blew	-ew 可唸 /juː/，如 few、hew、dew；有時唸 /əʊ/，如 sew、shew。
② o		
-o	do（重音） who to（重音）	在開音節中，o 重音時多唸 /əʊ/，如 no、lo、go、fro（參看表十四：3）。
③ o + 輔音字母 + e		
-ove	move /muːv/ prove	其他讀音： /ʌ/，如 love（參看表十：1）。 /əʊv/，如 drove（參看表十四：4）。
-ose	lose /luːz/	-ose 重音時多唸 /əʊz/，如 nose（參看表十四：4）。

字母	例子	注意
④ oe		
-oe	shoe	在開音節中，oe 重音時多唸 /əʊ/，如 doe、foe（參看表十四：7）。
⑤ oo		比較 /ʊ/ 音（參看表八：2）。
-oop	loop /lu:p/ stoop swoop troop	hoop 卻唸 /hʊp/。
-oot	root /ru:t/ boot loot shoot	-oot 亦可唸 /ʊt/，如 foot、soot、moot。
-ood	food mood rood	-ood 亦可唸 /ʊd/，如 good、wood、hood、stood。
-ook	spook	-ook 多唸 /ʊk/，如 look、cook、rook、book、took、hook。
-oof	proof /pru:f/ roof aloof	hoof 卻唸 /hʊf/。

字母	例子	注意
-ooth	tooth /tuːθ/ booth	-ooth 唸 /uːθ/ 。
-oose	loose /luːs/ goose choose /tʃuːz/	-oose 唸 /uːz/ 或 /uːs/ 。
-ooze	ooze /uːz/ booze /buːz/	-ooze 唸 /uːz/ 。
-oom	room /ruːm/ zoom boom doom loom	-oom 唸 /uːm/ 。
-oon	noon /nuːn/ soon moon boon spoon	-oon 唸 /uːn/ 。
-ool	pool /puːl/ cool fool tool stool	wool 卻唸 /wʊl/ 。
⑥ ou		
-ou	you /juː/ routine	-ou 可唸 /ɔː/ ，如 thought；可唸 /əʊ/ ，如 though 。

字母	例子	注意
	rouble through	
-oup	soup /suːp/ group coup	
-out	route /ruːt/	-out 多唸 /aʊt/，如 lout、about、bout（參看表十六：1）。
-ound	wound /wuːnd/	-ound 多唸 /aʊnd/，如 found、bound、mound（參看表十六：1）。
⑦ u		
-u	super /ˈsuːpə/ ruminate superfluous	在開音節中，u 重音時多唸 /juː/，如 usual、stupid、fusion、duo、cubic、bulimia，但假如後面之字母是 r 時，則唸 /jʊ/，如 mural、jurist、durable。u 輕音時亦唸 /juː/，如 usurp、utensil、university。
⑧ u + 輔音字母 + e		
-ude	rude /ruːd/ crude include	

字母	例子	注意
-use	ruse /ruːz/	-use 多唸 /juːz/，如 use、fuse、abuse。
-une	June /dʒuːn/ rune prune tune	tune 可唸 /tjuːn/。
-ule	rule /ruːl/	-ule 可唸 /juːl/，如 mule。
⑨ ue		
-ue	rue /ruː/ sue blue clue	-ue 可唸 /juː/，如 due、hue、cue。
⑩ ui		
-ui	juice /dʒuːs/ suit	-ui 可唸 /juː/，如 nuisance。
⑪ w + o		
wo	two /tuː/	

【表十】/ʌ/

① o　② ou　③ u

字母	例子	注意
① o		
-ov	love /lʌv/ glove shove oven cover plover dove above	-ove 可唸 /əʊv/，如 cove、drove、stove。over 唸 /'əʊvə/，move 唸 /muːv/（參看表十四：4）。
-oth	nothing /'nʌθɪŋ/ other /'ʌðə‖'ʌðᵊr/ mother brother	both /bəʊθ/ moth /mɒθ‖mɑːθ/ bother 卻唸 /'bɒðə‖'bɑːðᵊr/。
-om	come /kʌm/ company comfort some	-om 可唸 /ɒm/ 如 comic（參看表六：3）；輕音時唸 /əm/，如 compare。
-on	son /sʌn/ ton won Monday London month onion	-on 可唸 /ɒn/，如 monarchy；輕音時唸 /ən/，如 monotony。

字母	例子	注意
-one	done /dʌn/ none one	-one 多唸 /əʊn/，如 bone、cone、alone（參看表十四：4）。
-onk	monk /mʌŋk/ monkey	
-ong	among /ə'mʌŋ/ monger /'mʌŋgə/	（參看表六：3）
-ol	colour /'kʌlə‖'kʌlər/	-ol 輕音時唸 /əl/，如 collect、collapse。-ol 重音時唸 /ɒl‖ɑ:l/，如 college、collar（參看表六：3）。 co·lon 唸 /'kəʊlən/。
② ou		
-ouple	couple /kʌpəl/ couplet	
-ouble	double /dʌbəl/ trouble	rouble 卻唸 /ru:bəl/。
-ouch	touch /tʌtʃ/	-ouch 多唸 /aʊtʃ/，如 pouch、couch。
-ough	rough /rʌf/	其他讀音：

字母	例子	注意
	tough enough	/ɒ/，如 cough、trough； /ɔːǁɒː/，如 ought、bought； /uː/，如 through； /əʊ/，如 though、dough； /aʊ/，如 plough、bough。
-outh	southern /ˈsʌðənǁsʌðərn/	-outh 可唸 /aʊθ/，如 south、mouth；可唸 /uːθ/，如 youth、uncouth。
-ous	cousin /ˈkʌzən/	
-oun	country /ˈkʌntrɪ/	-oun 多唸 /aʊn/，如 noun、county、fountain、hound（參看表十六：1）。
-oung	young /jʌŋ/	
-our	courage /ˈkʌrɪdʒ/	輕音時唸 /ə/，如 courageous 唸 /kəˈreɪdʒəs/。 -our 其他讀音參看表七：10。

字母	例子	注意
③ u		在閉音節中，u 重音時多唸 /ʌ/。
-up	up /ʌp/ cup sup puppy	-up 輕音時唸 /əp/，如 upon、supply、support；在開音節中，u 重音時唸 /uː/ 或 /juː/，如 su·perb、su·per·fi·cial。
-ub	rub /rʌb/ pub tub dub stub substance	subtle 唸 /'sʌtəl/。-ub 輕音時唸 /əb/，如 subside。
-ut	cut /kʌt/ hut but nut gut shut strut utter	在開音節中，u 重音或輕音時多唸 /juː/，如 u·ten·sil、u·til·ize、U-turn、du·ty。 put 唸 /pʊt/。
-ud	mud bud suds study	stu·dent 唸 /'stjuːdənt/。

字母	例子	注意
-uck	duck /dʌk/ suck ruck buck muck struck stuck chuck pluck	-uck 重音時唸 /ʌk/。
-ug	dug /dʌg/ bug mug hug rug thug ugly smug	-ug 重音時唸 /ʌg/。
-uch	much /mʌtʃ/ such	-uch 重音時唸 /ʌtʃ/。
-udge	judge /dʒʌdʒ/ fudge budge drudge	-udge 重音時唸 /ʌdʒ/。
-uff	puff /pʌf/ stuff muff fluff bluff	-uff 重音時唸 /ʌf/。

字母	例子	注意
-us	us /ʌs/ bus pus plus thus	use /juːs/ usual /ˈjuːʒuəl/
-ust	just /dʒʌst/ must lust rust dust gust thrust	-ust 重音時唸 /ʌst/。
-ush	rush /rʌʃ/ brush hush gush lush blush plush usher	-ush 可唸 /ʊʃ/，如 bush、push。
-um	sum /sʌm/ gum rum scum umpire umbrella	-um 重音時唸 /ʌm/。
-un	sun /sʌn/ fun	在開音節中，u 唸 /juː/，如 u·nique、

字母	例子	注意
	run dun bun gun nun pun shun under unaware uneasy	u·nite、u·nion。prune 唸 /pru:n/。
-unce	dunce /dʌns/	
-ung	sung /sʌŋ/ rung dung lung hung strung swung hungry	-ung 重音時唸 /ʌŋ/。
ul-	ultimate /'ʌltɪmət/ ulcer	ul- 重音時唸 /ʌl/。
-ull	dull /dʌl/ lull cull skull	-ull 可唸 /ʊl/，如 pull、full、bull。

【表十一】/ɜː/

①ear ⑤w + or
②er ⑥our
③eur ⑦ur
④ir ⑧例外

字母	例子	注意
①ear		
-ear	earth /ɜːθ‖ɜːʳθ/ dearth search earl pearl earn learn heard	-ear 唸 /ɪə‖ɪᵊr/； hear 唸 /hɪə‖hɪᵊr/； bear 唸 /beə‖beᵊr/； beard 唸 /bɪəd‖bɪᵊrd/。
②er		
-er	serve /sɜːv‖sɜːʳv/ her fervent German jersey merchant	error /'erə‖'erᵊr/ erratic /ɪ'rætɪk/ ferry /ferɪ/ gerund /'dʒerənd/
-ert	alert /ə'lɜːt‖ə'lɜːʳt/	
-erk	jerk /dʒɜːk‖dʒɜːʳk/ perk	clerk 唸 /klɑːk/（英）。

字母	例子	注意
-ern	fern /fɜ:n‖fɜ:ʳn/	
-err	err /ɜ:‖ɜ:ʳ/	
③ eur		
-eur	chauffeur /ʃəʊ'fɜ:‖ʃɒʊ'fɜ:ʳ/ amateur liqueur connoisseur	左列字是法文借字。
④ ir		
-ir	virtue /'vɜ:tʃu:‖'vɜ:ʳtʃu:/ stir circle fir sir	-ir 可唸：/ɪ/ ，如 irregular 、cirrhosis； /ɪr/ ，如 irascible； /aɪ/ ，如 iron； /aɪəʳr/ ，如 miry。
-irp	chirp /tʃɜ:p‖tʃɜ:ʳp/	
-irt	dirt /dɜ:t‖dɜ:ʳt/ flirt shirt skirt girt	-irt 重音時唸 /ɜ:t‖ɜ:ʳt/ 。
-ird	bird /bɜ:d‖bɜ:ʳd/ gird third	-ird 重音時唸 /ɜ:d‖ɜ:ʳd/ 。

字母	例子	注意
-irch	birch /bɜːtʃǁbɜːʳtʃ/	-irch 重音時唸 /ɜːtʃǁɜːʳtʃ/。
-irth	firth /fɜːθǁfɜːʳθ/ girth mirth	-irth 重音時唸 /ɜːθǁɜːʳθ/。
-irst	first /fɜːstǁfɜːʳt/ thirst	-irst 重音時唸 /ɜːstǁɜːʳst/。
-irm	firm /fɜːmǁfɜːʳm/	
-irl	girl /gɜːlǁ gɜːʳl/ swirl	-irl 重音時唸 /ɜːlǁɜːʳl/。
⑤ w + or		
wor-	word /wɜːdǁwɜːʳd/ worth world work worse worm	其他讀音： worry /ˈwʌrɪ/（英） wore /wɔːǁwɔːr/ Worcester /ˈwʊstəǁ-ᵊr/
⑥ our		
-our	journey /ˈdʒɜːnɪǁˈdʒɜːʳnɪ/ courtesy scourge sojourn	-our 的讀音很多，留意下列各字的讀法： our /aʊə/ mourn /mɔːn/ four /fɔː/ tour /tʊə/

字母	例子	注意
		courier /'kʊrɪə/ courage /'kʌrɪdʒ/
⑦ ur		
-ur	fur /fɜː‖fɜːʳ/ cur bursar murder spur urgent	其他讀音： bury /'berɪ/ burrow /'bʌrəʊ/（英）
-urp	burp /bɜːp‖bɜːʳp/	
-urb	blurb /blɜːb‖blɜːʳb/	
-urt	hurt /hɜːt‖hɜːʳt/	
-urk	lurk /lɜːk‖lɜːʳk/	
-urch	church /tʃɜːtʃ‖tʃɜːʳtʃ/	
-urge	urge /ɜːdʒ‖ɜːʳdʒ/ purge surge	-urge 重音時唸 /ɜːdʒ‖ɜːʳdʒ/。
-urf	surf /sɜːf‖sɜːʳf/	
-urse	nurse /nɜːs‖nɜːʳs/ purse	

字母	例子	注意
-urst	burst /bɜːst‖bɜːʳst/	
-urn	urn /ɜːn‖ɜːʳn/ burn turn churn furniture	-urn 重音時唸 /ɜːn‖ɜːʳn/。
-url	curl /kɜːl‖kɜːʳl/	
-urr	purr /pɜː‖pɜːʳ/ burr	
⑧ 例外		
-olo-	colonel /ˈkɜːnəl/	-olo- 唸 /ɜː/，屬例外。 polo 唸 /ˈpəʊləʊ/。

【表十二】/ə/

字母	例子
-a	woman about adapt ago advice advocacy viable husband salute elephant radiant that than and abundant
-e	gentlemen dated wicked essence liberal soulless counsel forest stewardess remedy cookery the
-i	possible victim council pencil holiday devil eligible audible credible edible
-o	possess propensity collect recommend consider oblige hydrogen lion dictation to
-u	radius supply suppose medium but
-ar	triangular particular beggar calendar cellar burglar
-er	property mother danger tiger murder remember
-or	sailor senior tremor for
-ou	famous tortuous dangerous glamorous humorous vigorous
-our	colour armour behaviour favour harbour honour humour glamour
-ure	torture figure

註：英語裏的 /ə/ 音跟普通話裏輕聲字（如‘先生’這個詞裏的‘生’字）的元音 /ə/ 相近；跟廣東話的 /œ/ 音（如‘靴’字的元音部份）也有些近

似，但舌頭的最高點稍中央一些，唇不圓，而又稍短，更重要的，是肺並不特別用力將空氣擠壓出來。

/ə/ 是英語最常用的元音，輕讀的音節元音部份大多以 /ə/ 音唸出來。從表內可見，/ə/ 的拼寫法有很多種，要用心去記每字的拼法。

還有一點要注意的，就是下列各字的元音通常以 /ə/ 音唸出：a、an、the、to、for、and、am、are、that 等等。

【表十三】/eɪ/

① a ② a + 輔音字母 + e ③ ai ④ ay ⑤ e ⑥ ea ⑦ ei ⑧ ey

字母	例子	注意
① a		
-a-	April /'eɪprəl/ patron racism baker taken bacon lady baby alien paper cable a（讀強音）	在開音節中，重音的 a 唸 /eɪ/。左列的字就是例子，如 alien 可分析為 a·lien，lady 分析為 la·dy 等，但輕音之 a 卻唸 /ə/，如下列之字： a·go a·mid a·muse ba·boon fa·mil·i·ar（參看表十二第一行） 在閉音節中，重音的 a 多唸 /æ/，如 alphabet。
② a + 輔音字母 + e		a 在輔音 + e 之前多唸 /eɪ/。
-ape	ape /eɪp/ tape cape gape rape	-ape 重音時唸 /eɪp/。
-abe	babe /beɪb/	

字母	例子	注意
-ate	-ate /eɪt/ late fate gate hate mate rate pate plate	-ate 重音時唸 /eɪt/。
-ade	made /meɪd/ bade wade blade spade	-ade 重音時唸 /eɪd/； -ade 在法文借字中可唸 /ɑːd/，如 charade、facade。
-ake	make /meɪk/ bake cake lake naked flake snake rake sake take wake fake	-ake 重音時唸 /eɪk/。
-age	cage /keɪdʒ/ wage sage	-age 重音時唸 /eɪdʒ/，輕音時唸 /ɪdʒ/，如 bondage、bandage 等。

字母	例子	注意
	page rage	-age 在法文借字中唸 /ɑːʒ/ ，如 garage 。
-afe	safe /seɪf/ chafe	-afe 重音時唸 /eɪf/ 。
-ave	gave /geɪv/ cave wave save rave shave brave behave	have 的讀音屬例外，重音時唸 /hæv/ ，輕音時唸 /həv, əv, v/ 。
-ace	ace /eɪs/ face pace lace race grace mace dace	-ace 重音時唸 /eɪs/ 。
-ass	bass /beɪs/	-ass 唸 /eɪs/ ，屬例外。留意下列二字的唸法： pass /pɑːs‖pæs/ ； Tass /tæs‖tɑːs/（參看表四：1）。
-ase	base /beɪs/ case	-ase 多唸 /eɪs/ ，但 phase 唸 /feɪz/ ， phrase 唸 /freɪz/ 。

字母	例子	注意
	chase phase phrase	留意 vase 唸 /vɑːzǁveɪs, veɪz/ 。
-aste	waste /weɪst/ paste haste taste	-aste 重音時唸 /eɪst/ 。
-aze	gaze /geɪz/ haze daze laze maze blaze	-aze 重音時唸 /eɪz/ 。
-ame	name /neɪm/ fame dame game lame blame same shame tame	-ame 重音時唸 /eɪm/ 。
-ane	lane /leɪn/ cane mane pane plane bane	-ane 重音時唸 /eɪn/ 。

字母	例子	注意
-ale	ale male pale sale tale Yale dale bale	-ale 重音時唸 /eɪl/。
③ ai		
-ait	wait /weɪt/ bait gait strait	-ait 重音時唸 /eɪt/。
-aid	aid /eɪd/ paid maid laid raid	said 卻唸 /sed/； plaid 卻唸 /plæd/。
-aith	faith /feɪθ/ wraith	
-aist	waist /weɪst/	
-aise	raise /reɪz/ malaise	

字母	例子	注意
-aim	aim /eɪm/ claim maim	
-ain	main /meɪn/ pain plain gain rain wain brain drain Spain swain again	-ain 重音時多唸 /eɪn/。 again 可唸 /ə'gen/。
-aint	faint /feɪnt/ paint saint taint	
-ail	sail /seɪl/ bail fail rail hail mail nail pail jail snail frail	-ail 重音時唸 /eɪl/。

字母	例子	注意
④ ay		
-ay	day /deɪ/ bay clay lay pay play May ray pray say stay way sway	says 卻唸 /sez/。
⑤ e		
-e	fiancé /fi'ɒnseɪ|ˌfiːɑːn'seɪ/ soirée élite	法文字母 é 在法文借字中唸 /eɪ/。法文字母 ê（法文唸 /ɛ/）在法文借字中可唸 /eɪ/，如 crêpe /kreɪp/。
-et	bouquet /bu'keɪ|bou'keɪ/	在法文借字中，字尾是 et 的唸 /eɪ/。在英文字中，et 重音時多唸 /et/，如 bet（參看表三：4）。
⑥ ea		
-eat	great /greɪt/	-eat 多唸 /iːt/，如 beat、meat（參看表一：2）。

字母	例子	注意
-eak	steak /steɪk/ break	-eak 多唸 /iːk/，如 beak、teak（參看表一：2）。
⑦ ei		
-ei	hei·nous /'heɪnəs/	-ei 唸 /eɪ/ 屬少數。 其他讀音： nei·ther /'naɪðə, 'niːðə/ cei·ling /'siːlɪŋ/ seize /siːz/ their /ðeəllðeᵊr/ forfeit /'fɔːfɪt/
-eigh	eight /eɪt/ weigh weight freight sleigh	-eigh 多唸 /eɪ/，但 height 卻唸 /haɪt/，sleight 唸 /slaɪt/。
-eige	beige /beɪʒ/	
-ein	rein /reɪn/ vein	
-eign	feign /feɪn/ deign reign	-eign 重音時唸 /eɪn/，但 foreign 唸 /'fɒrən/ 或 /'fɒrɪn/。
-eint	feint /feɪnt/	
-eil	veil /veɪl/	

字母	例子	注意
⑧ ey		
-ey	they /ðeɪ/ whey bey fey hey obey grey	-ey 重音時唸 /eɪ/ 。

【表十四】/əʊ/

① au　　⑤ o　　⑨ ou
② eau　　⑥ oa　　⑩ ow
③ o　　⑦ oe
④ o + 輔音字母 + e　　⑧ ou + gh

字母	例子	注意
① au		
-au	vaudeville /'vəʊdəvɪl/	vaudeville 亦唸 /'vɔːdəvɪl/（英）; /'vɒːdəvɪl/（美）。au 多唸 /ɔːllɒː/，如 audit。
② eau		
-eau	beau /bəʊ/ bureau	在法文借字中，-eau 唸 /əʊ/。
③ o		
-o	so /səʊ/ no lo sofa open over omen opal topaz	在開音節中，o 重音時唸 /əʊ/；輕音時唸 /ə/，如 oblige、opinion，或 /əʊ/，如 obey、opaque。在閉音節中，o 重音時唸 /ɒ/，如 opportunity，或 /ʌ/，如 oven、govern；輕音時唸 /ə/，如 observe、oppose。

字母	例子	注意
④ o + 輔音字母 + e		o 在輔音字母 + e 之前多唸 /əʊ‖ou/。
-ope	hope /həʊp/ rope cope lope dope mope slope pope	-ope 重音時唸 /əʊp/。
-obe	globe /gləʊb/ robe lobe probe	-obe 重音時唸 /əʊb/。
-ote	note /nəʊt/ cote vote rote	-ote 重音時唸 /əʊt/。
-ode	rode /rəʊd/ code bode mode node explode	-ode 重音時唸 /əʊd/。

字母	例子	注意
-oke	woke /wəʊk/ smoke bloke choke Coke	-oke 重音時唸 /əʊk/。
-ove	cove /kəʊv/ rove stove strove drove	-ove 可唸 /uːv/，如 move、prove（參看表九：3）；可唸 /ʌv/，如 love、plover（參看表十：1）。
-ose	pose /pəʊz/ dose hose nose chose rose	lose 卻唸 /luːz/。
-ome	home /həʊm/ dome Rome tome chrome	some 卻唸 /sʌm, səm/；come 唸 /kʌm/。
-one	bone /bəʊn/ cone tone zone drone alone postpone	one 卻唸 /wʌn/。

字母	例子	注意
-ole	hole /həʊl/ whole sole pole dole mole role	-ole 重音時唸 /əʊl/。
⑤ o		
-ost	most /məʊst/ post host ghost	cost 卻唸 /kɒst‖kɒːst/ （參看表六：3）。
-oll	roll /rəʊl/ toll poll swollen	-oll 重音時唸 /əʊl/，但 doll 卻唸 /dɒl/。
-olt	volt /vəʊlt/ colt bolt	-olt 重音時唸 /əʊlt/。
-old	old /əʊld/ bold fold sold told cold	-old 重音時唸 /əʊld/。

字母	例子	注意
-olk	folk /fəʊlk/ yolk	
⑥ oa		
-oap	soap /səʊp/	
-oat	boat /bəʊt/ oat moat coat goat bloat	-oat 重音時唸 /əʊt/。
-oad	road /rəʊd/ load toad	-oad 重音時唸 /əʊd/。
-oak	oak /əʊk/ soak cloak	-oak 重音時唸 /əʊk/。
-oast	coast /kəʊst/ boast toast roast	-oast 重音時唸 /əʊst/。
-oam	roam /rəʊm/ foam	-oam 重音時唸 /əʊm/。
-oal	goal /gəʊl/	-oal 重音時唸 /əʊl/。

字母	例子	注意
	foal shoal coal	
⑦ oe		
-oe	toe /təʊ/ doe foe hoe sloe	shoe /ʃuː/ doe·s /dəʊz/ do·es /dʌz, dəz/
⑧ ou + gh		
-ough	though /ðəʊ/ dough	其他讀音： rough /rʌf/（參看表十：2） cough /kɒf/（參看表六：4） through /θruː/ plough /plaʊ/ thought /θɔːt/
⑨ ou		
-oul	soul /səʊl/ shoulder	foul 卻唸 /faʊl/。
⑩ ow		
-ow	slow /sləʊ/ low blow	-ow 在下列字卻唸 /aʊ/： cow bow（動）

字母	例子	注意
	know bow（名） row（動） sow grow mow throw snow glow crow flow	row（名） plow crowd crown
-own	own /əʊn/ sown mown blown grown	town 卻唸 /taʊn/， gown 唸 /gaʊn/。

【表十五】/aɪ/

①ai ②ei ③ei + gh + t ④i ⑤i + 輔音字母 + e ⑥i + gh (+ t) ⑦i ⑧ie ⑨y ⑩y + 輔音字母 + e ⑪ye

字母	例子	注意
① ai		
-ai	aisle /aɪl/	-ai 唸 /aɪ/ 屬例外。 其他讀音： dairy /deərɪ/ daisy /deɪzɪ/
② ei		
-ei	either /'aɪðə||'aɪðᵊr/ eider neither	either 亦可唸 /'iːðə/。
③ ei + gh + t		
-eight	height /haɪt/	-eight 唸 /aɪt/ 屬例外；通常唸 /eɪt/，如：eight、weight、freight（參看表十三：7）。
④ i		
-i	hi /haɪ/ li·bel	在開音節中，i 重音時唸 /aɪ/；輕音時多唸 /ɪ/，如

字母	例子	注意
	Fri·day i·rate i·rony i·ron·ic	italics /ɪ'tælɪks/，imagine /ɪ'mædʒɪn/，有時也唸 /aɪ/，如 ironic /aɪ'rɒnɪk/，idolatry /aɪ'dɒlətrɪ/。
⑤ i + 輔音字母 + e		i 在輔音字母 + e 之前多唸 /aɪ/。
-ipe	wipe /waɪp/ pipe ripe	-ipe 重音時唸 /aɪp/。
-ibe	gibe /dʒaɪb/ jibe	
-ite	bite /baɪt/ cite kite site rite write quite	-ite 重音時唸 /aɪt/。
-ide	wide /waɪd/ ride side tide hide slide glide stride	-ide 重音時唸 /aɪd/。

字母	例子	注意
-ike	like /laɪk/ pike bike hike	-ike 重音時唸 /aɪk/ 。
-ife	life /laɪf/ wife strife	-ife 重音時唸 /aɪf/ 。
-ice	ice /aɪs/ rice mice lice dice nice price thrice	police 卻唸 /pə'liːs/ 。
-ime	time /taɪm/ dime lime rime chime	-ime 重音時唸 /aɪm/ 。
-ine	line /laɪn/ nine fine dine mine pine vine wine sine	-ine 重音時唸 /aɪn/ 。

字母	例子	注意
-ile	mile pile file bile tile	-ile 重音時唸 /aɪl/。
⑥ i + gh (+ t)		
-igh	high /haɪ/ thigh	-gh 在這裏是無音的。
-ight	light /laɪt/ right sight might night tight plight slight blight	-ight 重音時唸 /aɪt/。
⑦ i		
-imb	climb /klaɪm/	-imb 多唸 /ɪm/，如 limb；或唸 /ɪmb/，如 limbo、nimbus、timber。
-ind	kind /kaɪnd/ find bind hind	wind 卻可唸 /wɪnd/（名），kindle 唸 /kɪndəl/。

字母	例子	注意
	mind wind（動） rind blind	
-ild	wild /waɪld/ mild child	bewilder 唸 /bɪ'wɪldə‖ bɪ'wɪldᵊr/ 。
⑧ ie		
-ie	die /daɪ/ tie pie lie tried fried dried tries fries	
⑨ y		
-y	by /baɪ/ my why shy sty fly cry pry	在開音節中，y 重音時唸 /aɪ/ 。但 rhythm 唸 /rɪðəm/ 。

字母	例子	注意
	wry fry try dry	
⑩ y + 輔音字母 + e		
-yme	rhyme /raɪm/ thyme	
⑪ ye		
-ye	bye /baɪ/ dye rye	eye 唸 /aɪ/，yellow 唸 /ˈjeləʊ/。

【表十六】/aʊ/

① ou　② ow

字母	例子	注意
① ou		
-out	out /aʊt/ about bout rout lout shout stout spout sprout	-out 重音時唸 /aʊt/。
-oud	loud /laʊd/ cloud	-oud 重音時唸 /aʊd/。
-ouch	ouch /aʊtʃ/ pouch couch crouch	-ouch 重音時唸 /aʊtʃ/。 touch 卻唸 /tʌtʃ/。
-outh	mouth /maʊθ/	uncouth 卻唸 /ʌn'ku:θ/。
-ouse	house /haʊs/ mouse rouse louse blouse	house 作名詞用唸 /haʊs/；作動詞用唸 /haʊz/。mouse、rouse 和 louse 的情形也一樣。blouse 可唸 /blaʊz/ 或 /blaʊs/。

字母	例子	注意
-oun	noun /naʊn/ fountain mountain ounce lounge	-oun 重音時多唸 /aʊn/。
-ount	count /kaʊnt/ mount bounty	-ount 重音時唸 /aʊnt/。
-ound	found /faʊnd/ bound mound hound round ground astound sound wound（動：wind 的過去式）	-ound 重音時多唸 /aʊnd/。 wound 唸 /wuːnd/，屬例外。
② ow		
-ow	cow /kaʊ/ row bow how power plow allow owl	bow、row 可唸 /bəʊ/、/rəʊ/。tow 只唸 /təʊ/。

字母	例子	注意
-owd	crowd /kraʊd/ rowdy	
-own	town /taʊn/ brown crown down frown clown	-own 在下列字卻唸 /əʊn/： own sown mown grown

【表十七】/ɔɪ/

① oi ② oy

字母	例子	注意
① oi		
-oice	voice /vɔɪs/	
-oise	noise /nɔɪz/	
-oist	moist /mɔɪst/ joist hoist	-oist 重音時唸 /ɔɪst/。
-oin	join /dʒɔɪn/ coin loin	-oin 重音時唸 /ɔɪn/。
-oint	joint /dʒɔɪnt/ point ointment	-oint 重音時唸 /ɔɪnt/。
-oil	oil /ɔɪl/ boil foil coil toil soil	-oil 重音時唸 /ɔɪl/。

字母	例子	注意
② oy		
-oy	boy toy coy joy soy ploy Roy	-oy 重音時唸 /ɔɪ/。

【表十八】/ɪə/

① ere　④ eir　⑦ ier

② ea　⑤ ir

③ eer　⑥ ia

字母	例子	注意
① ere		
-ere	mere /mɪə‖mɪər/ here sphere	there 卻唸 /ðeə‖ðeər/。
② ea		
-ea	idea /aɪ'dɪə/	
-eal	real /rɪəl/	real 的讀音屬例外。-eal 一般唸 /iːl/，如 deal、heal（參看表一：2）。
-ear	hear /hɪə‖hɪər/ dear near rear tear（名） sear year fear shear ear appear	-ear 在 pear、bear、wear、tear（動）中均唸 /eə/；在 earth、dearth、pearl 中均唸 /ɜː/。

字母	例子	注意
	clear smear spear weary	
-eard	beard /bɪəd‖bɪ^{ə}rd/	heard 唸 /hɜːd‖hɜːrd/。
③ eer		
-eer	deer /dɪə‖dɪ^{ə}r/ cheer sheer queer	
④ eir		
-eir	weird /wɪəd‖wɪ^{ə}rd/	their 唸 /ðeə‖ðe^{ə}r/。 heir 唸 /eə/。
⑤ ir		
-ir	fakir /ˈfeɪkɪə‖fəˈkɪ^{ə}r/	sir 唸 /sɜː‖sɜːr/。 fir 唸 /fɜː/。 circle 唸 /sɜːkl/。
⑥ ia		
-ia	Ian /ɪən/ Olympian	via 唸 /vaɪə/。

字母	例子	注意
⑦ ier		
-ier	tier /tɪə‖tɪᵊr/ fierce pierce	

【表十九】/eə/

①a + r ③ai + r ⑤ea + r
②a + re ④e + re ⑥ei + r

字母	例子	注意
①a + r		
-ar	Mary /'meəri/ Sarah scarce	-ar 多唸 /ɑːlɑːr/，如 car、farther。
②a + re		
-are	care /keə/ fare rare mare bare dare spare snare share square	-are 重音時唸 /eə/。
③ai + r		
-air	air /eə/ fair pair lair chair	-air 重音時唸 /eə/。

字母	例子	注意
④ e + re		
-ere	there /ðeə/ where	here 卻唸 /hɪə/ 。
⑤ ea + r		
-ear	bear /beə/ pear wear tear	-ear 可唸 /ɪə/ ，如 ear 、tear；可唸 /ɜː/ ，如 earth（參看表十八：2）。
⑥ ei + r		
-eir	heir /eə/ their	weird 唸 /wɪədǁwɪᵊrd/ 。

【表二十】/ʊə/

① oo + r　② ou + r

字母	例子	注意
① oo + r		
-oor	poor /pʊə/ moor boor	-oor 又可唸 /ɔː/，如 floor、door（參看表七：9）。
② ou + r		
-our	tour /tʊə/ dour gourd	-our 可唸 /aʊə/，如 our、hour、sour；可唸 /ɔː/，如 four、pour（參看表七：10）。

二、輔音音素跟字母的關係

次序	音標	字母	例子
1	p	p, pp	pin pen appear play spin spray capable simply cheap shape upright wiped topmost please （注意：p 在下列各字裏是無音的：receipt、cupboard、pneumonia、psalm。）
2	b	b, bb	back blow labour symbol rib robe obtain submerge bubble （注意：b 在下列各字裏是無音的：limb、thumb、comb、debt、subtle、doubt。）
3	t	t, tt	tea try steak butter entry boat late outpost cotton utmost little （注意：t 在 castle、listen、Christmas 等字中是無音的。）
4	d	d, dd	day dry leader bid head sudden admit middle headless
5	k	k, ck	kin skin baker duck leak locked thicken buckle
		c, cc	car cry scar income magic clean according
		qu /kw/	quick equal
		que	queue technique boutique plaque
		ch	anchor character （注意：c 或 k 在 muscle、knew、knit 等字中是無音的。）

次序	音標	字母	例子
6	g	g, gg	go glass eager juggling angry dog begged bagpipes dogma glow
		gh	ghost ghastly ghetto
		gu	guard guilt guitar guise Guinness（注意：g 在 gnaw、gnat、sign、reign 等字中是無音的。）
		gue	vague fatigue plague
7	tʃ	ch	chin charge richer mischief much inch
		tch	wretched butcher catch
		-ture /tʃə/	nature posture juncture capture lecture culture
		-teous /tʃəs/	righteous
		-stion /stʃən/	question congestion
8	dʒ	j, dj	jam object major adjacent jest joke
		g, gg, -ge	gem fragile danger large bulge huge suggest
		dg, -dge	midget judge
		de, di, ch	grandeur soldier Norwich
9	f	f	feet defend leaf fry fifth
		ff	affair offer suffer stuff
		ph	photo sphere nephew
		gh	cough tough laugh
10	v	v, -ve	voice ever over give leave move view event canvas
		f	of
		ph	nephew

次序	音標	字母	例子
11	θ	th	thief method path three earthed
12	ð	th	there this the breathing gather mother with mouth（動）
		-the	seethe soothe clothe writhe
13	s	s, ss, -se	sat soon losses essay pass famous escape mouse
		c, -ce	cease pieces piece ice fierce excite pencil
		sc	science scissors
		x /ks/	axe taxi
14	z	s, ss, -se	easy hesitate is was says as cows noise rose
		z, zz, -ze	zero zoo zone bazaar ooze gaze dizzy
		x /gz/ 或 /z/	exact xenophobic
15	ʃ	sh	shoe shop bishop dish shrink shout
		ch, sch	machine schedule charade
		s, ss	sure assure sugar pressure（注意：s 在 u 之前可能唸 /ʃ/。）
		-ti-, -si-	nation mansion
		-sci-	conscience
		-ci-, -ce-	special ocean
16	ʒ	-si-	vision confusion decision
		s, z	pleasure leisure usual azure（注意：s 在 u 之前可能唸 /ʒ/。）

次序	音標	字母	例子
		g	gigolo （注意：g 在法文借字中可能唸 /ʒ/ 。）
		-ge	beige prestige barrage garage （注意：法文借字的字尾 -ge 可唸 /ʒ/ 。）
17	h	h	how hat hot hate high ahead perhaps anyhow
		wh	who whom
18	m	m, mm	man make lemon hamlet simple warm summer glimmer
		-me	game fame lime dome theme
19	n	n, nn	now noon snake snow learn funny dinner annoy
		kn, gn, pn	know sign gnat pneumonia
20	ŋ	ng /ŋ/	sing singer hanger longing singing gong
		ng /ŋg/	finger anger angry hunger language single England
		nk /ŋk/	think rank monkey
		nc, nch /ŋk/	uncle anchor
		-ngue /ŋ/	tongue
		-nqu /ŋkw/	banquet conquer
		nx /ŋkʃ/	anxious
		nx /ŋz/	anxiety

次序	音標	字母	例子
21	l	l, ll	light look blow silly yellow sailor play clean feel fill fell help elder apple table （注意：l 在下列之字是無音的：talk、should、half、calm、salmon。）
22	r	r, rr	road rude very mirror sorry price tree library throw （注意：-ar 一般唸 /ɑːǁɑːr/，如 bar；-er 一般唸 /ɜːǁɜːr/，如 serve；或輕音 /ə/，如 water； {-ear, -eer} 一般唸 /ɪəǁɪr/，如 {near, beer}； -eir 一般唸 /eəǁer/，如 their； {-or, -oar, -oor} 一般唸 /ɔːǁɔːr/，如 {or, board, door}； -our 一般唸 /aʊəǁaʊᵊr/，如 our； -ur 一般唸 /ɜːǁɜːr/，如 burn。）
23	j	y	yes yield yard young
		i	union senior behaviour familiar
		u /juː/	unite music union tune huge
		ew /juː/	new pew stew
		eu /juː/	feud queue Europe
		eau /juː/	beauty
		ui /juː/	suit

次序	音標	字母	例子
24	w	w	wet wood word twelve swim upward away
		wh	whether which what white wheat
		qu /kw/	queen quick quite acquaint square squash
		gu /gw/	language （注意：one /wʌn/；once /wʌns/；choir /kwaɪə/；suite /swiːt/。）

練習與思考

1. 在本章第一部份表列的二十個元音音素中，哪一個有最多的元音字母表示方式？哪一個有最少的元音字母表示方式？
2. 在本章第二部份表列的二十四個輔音音素中，哪一個有最多的字母表示方式？哪一個有最少的字母表示方式？

第五章

英文字母與音素的關係

本章表列英文字母的各種可能讀音，分兩部份，先後表列英文元音、輔音字母跟讀音的關係。錄音示範請參閱附錄（三）第一部份。

第一部份的列表共分四欄。最左一欄將字母列出，次序是 a、e、i、o、u、y；由於字母 r 亦影響元音字母的音值，所以 ar、er 等這類字母組成亦有列出來。第二欄列出每個或每組元音字母的各種可能讀音。讀者隨意翻幾頁看看，就會發覺孤立的元音字母是有很多種可能的讀音的。第三欄給例子作註釋。最右一欄將例子列出，有關字母用綠色粗體印出，使其突出易見。

第二部份亦分四欄。第一欄列出各個或各組輔音字母，按英文字母一般的順序而排列。第二欄列出字母的讀音（在這裏順帶指出，∅ 是表示無聲的音標）。第三欄指出左邊的讀音是否普遍。第四欄是例子，有關的字母亦用綠色粗體印出。

下面是從字母看讀音的兩個表，供讀者參考。

一、元音字母跟音素的關係

次序	音標	注意	例子
a	eɪ	在開音節(open syllables)中 a 重音時多唸 /eɪ/，如 a·ble /'eɪbəl/、a·lien /'eɪljən/。	sane mate nation lady April angel face make wake
	æ	在複輔音(double consonants)之前 a 重音多唸 /æ/，如 abbey /'æbɪ/、apple /'æpəl/。	sanity mat rattle badge saddle apple angelic bath (美) half (美) wagon habit
	ɑː	字尾 age 在法文借字唸 /ɑːʒ/，如 garage /gə'rɑːʒ/；al 在 half 唸 /ɑː/。	massage garage sabotage camouflage facade father bath (英) half (英)
	ɪ	字尾 age 在英語化了的字唸輕音的 /ɪdʒ/，如 luggage /'lʌgɪdʒ/。	bandage baggage bondage village postage
	ɒ	a 在 wash、watch 等幾個字唸 /ɒ/。	wash watch wasp watt walk (美)
	ɔː	al 在 alk 中唸 /ɔːk/，而在 alt 中唸 /ɔːlt/；a 在 water 中唸 /ɔː/。	talk (英) walk (英) halt (英) water

次序	音標	注意	例子
	ə	a 輕音時多唸 /ə/。	ago about woman advice and
ar	ɑːǁɑːr	ar 重音時多唸 /ɑːǁɑːr/。	start mar art bar far
	æ	部份美國人唸 /e/。	carol carat carrot character
	eəǁer	are 在字尾一般唸 /eəǁer/。	care mare ware square Mary /'meərɪǁ'merɪ, 'mærɪ/
	ɔːǁɔːr	war 唸 /wɔːǁwɔːr/。	war warm warp warn
	ɒǁɔːr		warrant warren warwick
	əǁər	ar 輕聲時唸 /əǁər/。	particular beggar calendar
ai/ay	eɪ	ai、ay 一般唸 /eɪ/。	bait day player wait rain aid
	aɪ	屬例外	aisle aye bayou
	iː	屬例外	quay
	e	屬例外	against said says again
	æ	屬例外	plaid
	i	屬例外	Murray

次序	音標	注意	例子
	ə	ai、ay 輕音時也可唸 /ə/。	curtain fountain mountain
au/aw	ɔːǁɒː	au、aw 一般唸 /ɔːǁɒː/。	law claw cause author audience taunt fawn
	ɑːǁæ	屬例外	aunt laugh draught
	eɪ	屬例外	gauge
	əʊ	au 在法文借字中唸 /əʊ/。	chauffeur mauve chauvinist gauche
	aʊ	au 在德文借字中唸 /aʊ/。	umlaut sauerkraut
	ɒ	只在英式英文。	sausage
e	iː	在開音節中，e 重音時多唸 /iː/。	e·qual e·vil athlete mete penal precede zebra Peter extreme convene cathedral
		e 在字尾，而前面是輔音時，間中也唸 /i/。	apostrophe catastrophe
	e	在複輔音字母之前，e 重音時多唸 /e/。	dress mettle pennant better beggar herring meddle teddy hell

次序	音標	注意	例子
	ɪ	e 輕音時多唸 /ɪ/ 。	economy eclipse effect enclose event eject escort（動）renege review
		e 重音時有時也唸 /ɪ/ 。	pretty England English
	ə	e 輕音時有時也唸 /ə/ 。	agent diligence
	eɪ	法文字母 é 在英文中唸 /eɪ/ 。	élite café
er	ɜːǁɜːr	er 重音時普遍唸 /ɜːǁɜːʳ/ 。	serve nervous
	ɪəǁɪr	ere 在字尾，重音時多唸 /ɪəǁɪr/ 。	mere sphere severe
	eəǁer	ere 有時也唸 /eəǁer/ 。	where there
	e		very ferry
	ɑːǁɜːr		clerk Derby
	əǁəʳr	er 可作字尾，亦可作比較級；唸輕音。	teacher waiter speaker richer safer
		were 輕音時唸 /wəǁwəʳr/ 。	were

次序	音標	注意	例子
ea	iː	ea 普遍唸 /iː/。	each reach breach teach tea read eat
	e	ea 唸 /e/ 也普遍。	bread read dead meadow health realm wealth measure pleasure treasure
	eɪ	ea 間中唸 /eɪ/。	great steak break
	ɪə‖iːə	ea 間中唸 /ɪə‖iːə/。	idea theatre
ear	ɪə‖ɪr	ear 一般唸 /ɪə‖ɪr/。	near rear spear tear
	eə‖er	間中唸 /eə‖er/。	wear bear pear swear tear
	ɜː‖ɜːr	屬例外	early pearl
	ɑː‖ɑːr	屬例外	heart hearth
ee	iː	ee 一般唸 /iː/。	tree eel bleed absentee
	ɪ	屬例外	breeches been Greenwich
	e	屬例外	Greenwich
	eɪ	法文借字 ee 結尾唸 /eɪ/。	matinee melee
eer	ɪə‖ɪr		beer queer

次序	音標	注意	例子
ei/ey	eɪ	ei/ey 大多唸 /eɪ/。	obey reign veil convey
	iː	ei/ey 有時唸 /iː/。	receive key ceiling conceit conceive seize either
	aɪ	例子不多	eye fahrenheit height kaleidoscope either neither
	e	屬例外	heifer Reynolds
eir	eə||er		their heir
	ɪə||ɪr		weird
eu/ew	juː	eu、ew 一般唸 /juː/。	few feudal ewe neutron pewter
	uː	eu、ew 唸 /uː/ 也普遍。	crew rheumatism
	əʊ||oʊ	屬例外	sew shew
	ɜː||uː	法文借字	masseuse
	ɔɪ	德文借字	Freudian
eur	jʊə||jʊ	eur 普遍唸 /jʊə||jʊ/。	Europe
	ɜː||ɜːr	法文借字，eur 在字尾。	masseur monsieur

次序	音標	注意	例子
i	aɪ	在開音節中，i 重音時多唸 /aɪ/。	idol idea rise site pilot rifle dine divine mime collide hi pint
	ɪ	在複輔音字母前，i 重音時多唸 /ɪ/；	illusion risen sit chicken riffle dinner divinity mimic collision
		i 輕音時唸 /ɪ/。	rabbit vanity positive primitive divinity medium spaghetti
	ə	i 輕音時可唸 /ə/。	admiral victim council devil eligible
	iː	屬例外	machine police
ir	ɜː||ɜːr		firm
	aɪə||aɪᵊr		fire virus
	ɪr		miracle
ie	aɪ	ie 唸 /aɪ/ 很普遍。	die lie tie pie
	iː	ie 唸 /iː/ 亦普遍。	niece yield achieve diesel piece fiend
	ɪ		collie calorie movie sieve handkerchief

次序	音標	注意	例子
	eɪ	屬例外	lingerie
	e	屬例外	friend
	i	ied、ies 唸 /id/、/iz/。	carried
ier	ɪəǁɪr		fierce pier
o	əʊǁoʊ	在開音節中，o 重音時多唸 /əʊǁoʊ/； o 輕音時亦可唸 /əʊǁoʊ/； 字尾是 o 的，多唸 /əʊǁoʊ/。	odour omen cone robe noble mediocre coma nose obey omit opaque opine phonetics tomato motto Otto no fro
	ɒǁɑː	在複輔音字母前，o 重音時多唸 /ɒǁɑː/； o 輕音時可唸 /ɒǁɑː/。	cobble comma topple motto occident possible corridor ostentatious osmosis
	ʌ		come done dove glove love above
	uː		move lose prove whose
	ʊ	屬例外	woman wolf
	ə	o 輕音時多唸 /ə/。	method Oxford Olympic opinion opposed observe

次序	音標	注意	例子
or	ɔːǁɔːr	or 普遍唸 /ɔːǁɔːr/。	north or nor cord born more core
	ɒ	屬例外	moral（英） sorry lorry
	ɜːǁɜːr		work worth world worse
	ʌǁɜːr		worry
oa	əʊǁoʊ		road goal shoal boast approach
	ɔːǁɒː		broad
oar	ɔːǁɔːr		board roar soar
	əǁᵊr	輕音時，oar 唸 /əǁᵊr/。	cupboard
oe	əʊǁoʊ	oe 普遍唸 /əʊǁoʊ/。	toe hoe sloe woe doe
	uː	屬例外	shoe canoe
	ʌ	屬例外	does（動詞）
	iː	屬例外，字來自希臘文。	phoenix
oi/oy	ɔɪ	oi、oy 普遍唸 /ɔɪ/。	boy join loiter noise oyster

次序	音標	注意	例子
	aɪ	屬例外	choir coyote（美）（亦可唸 /ɔɪ/。）
	ɪ	屬例外	chamois（美）（亦可唸 /wɑ/。）
	ə	oi、oy 輕音時唸 /ə/。	tortoise porpoise mademoiselle
	wɑ	在法文借字中，ois 唸 /wɑ/。	patois reservoir bourgeois
oo	uː	oo 唸 /uː/ 頗普遍。	boot broom proof tycoon food soon
	ʊ	oo 唸 /ʊ/ 亦頗普遍。	good book foot look shook took
	ʌ	oo 有時唸 /ʌ/。	blood flood
	əʊ||oʊ	屬例外	brooch
oor	ɔː||ɔːr	oor 普遍唸 /ɔː||ɔːr/。	door floor
	ʊə||ʊr	oor 有時唸 /ʊə||ʊr/。	moor poor
ou/ow	aʊ	ou/ow 普遍唸 /aʊ/。	round abound crown mountain owl bow allow cow how bough

次序	音標	注意	例子
	əʊ‖oʊ	ou/ow 唸 /əʊ‖oʊ/ 頗普遍。	arrow bow glow pillow bowl boulder soul own though although
	ʌ	ou 唸 /ʌ/ 亦頗普遍。	double trouble country enough young couple touch cousin rough tough
	uː	ou 唸 /uː/ 頗普遍。	group routine soup uncouth coupon through souvenir bouquet route
	ʊ	屬例外	could should would
	ɔː‖ɒː*	屬例外	thought trough cough
	ɒ‖ɒː*	屬例外 (*/ɒː/ 比 /ɒ/ 讀音略長。)	cough trough
	ə‖oʊ	ou 輕音時可唸 /ə/。	thorough
our	aʊə‖aʊ^ə^r	頗普遍	flour our hour sour
	ɔː‖ɔːr	頗普遍	four pour court mourn
	ɜː‖ɜːr	頗普遍	journey sojourn scourge
	ʌr‖ɜːr	唸 /ʌ/ 音屬例外。	courage
	ʊə‖ʊ	例子不多	tourist tour dour gourd

次序	音標	注意	例子
	ʊ	屬例外	courier
u	juː	在開音節中，u 重音時多唸 /juː/。	music cubic usual cute duo
	juː|luː	前面是 t、d、n 時，u 重音時多唸 /juː|luː/。	induce reduce tune nude nuclear stupid
	(j)uː|luː	前面是 /l, θ, s, z/ 時，u 多唸 /(j)uː|luː/。	assume presume superb enthusiasm
	uː	前面是 /tʃ, dʒ, ʃ, r, j/ 時，u 多唸 /uː/。	rude Jupiter juvenile Yugoslav chute
u	ʌ	在複輔音之前，u 重音時多唸 /ʌ/。	cut supper induction rudder rubble presumption reduction dull hush cup
	ʊ	屬例外	push pull
	ɪ	屬例外	busy business lettuce（英）
	julljə	u 輕音時可唸 /julljə/。	stimulate
	ju	u 輕音時可唸 /ju/。	computation execution utility
	ə	u 輕音時可唸 /ə/。	album Arthur lettuce（美）
	jəlljər		failure
ur	ɜː||ɜːr	普遍	turn burn urn furniture furry

次序	音標	注意	例子
	jʊə‖jʊr	ure 重音時多唸 /jʊə‖jʊr/。	pure endure lure durable bureau mural
	ʌ‖ɜːr	屬例外	hurry curry
	ʊə‖ʊr		jury sure
ue	juː	ue 普遍唸 /juː/。	cue sue（英）
	uː	ue 唸 /uː/ 也普遍。	blue glue sue（英、美）
ui	juː	ui 普遍唸 /juː/。	nuisance suit（英） pursuit（英）
	uː	ui 唸 /uː/ 也普遍。	fruit bruise suit（英、美） pursuit（英、美）
	ɪ	ui 唸 /ɪ/ 不大普遍。	biscuit（英） build circuit
	aɪ	ui 唸 /aɪ/ 不普遍，u 可看作是無音。	guide guile
	ə	ui 輕音時可唸 /ə/。	biscuit（美）
	wiː		suite
uy	aɪ	uy 普遍唸 /aɪ/。	buy guy

二、輔音字母跟音素的關係

註：∅表示無聲

字母	音標	情況是否普遍？	例子
b	b	甚普遍	baby bombard
	Ø	少有	crumb bomb debt doubt subtle climb lamb thumb bomber
bb	b	無例外	shabby cabbage
c	k	普遍	cow camp copy cut curl cry lyric music sceptic muscular
	s	普遍	lyricism physicist facade central city concert
	tʃ	源自意大利文	cello concerto
	Ø	罕有	indict victual czar muscle
cc	k	普遍	account accommodate accurate occasion occupy succumb
	ks	跟着的字母是 e、i。	accept access success accident eccentric occident
ce	s	在字尾	grace face nice
	ʃ	在字中央	ocean herbaceous

字母	音標	情況是否普遍？	例子
ch	tʃ	甚普遍	church cheese chat chair chip lunch coach
	ʃ	主要是來自法文的字。	chef chauffeur chic machine lunch champagne parachute
	k	主要是來自希臘文的字。	chemistry architect character Christmas technical chaos monarch school schedule schism
	Ø	極罕有	yacht fuchsia
ci	ʃ	不普遍	gracious precious musician special speciality coercion
ck	k	無例外	back acknowledge
d	d	極普遍	day draw find board dwindle
	dʒ	跟着的字母是 u。	gradual procedure
	Ø	前面是 n，而後面的輔音又不帶聲的話，d 就不用唸出來。	handkerchief handsome
ed	ɪd	ed 表示動詞的過去式，在 t 或 d 之後唸 /ɪd/。	landed wanted

字母	音標	情況是否普遍？	例子
	d	在元音或帶音的輔音之後。	played buzzed
	t	在不帶音的輔音之後。	jumped clapped
es	ɪz	es 可表示名詞的眾數，在發嘶音輔音如 /s, z, ʃ, tʃ, ʒ, dʒ/ 之後唸 /ɪz/。	horses boxes sizes rushes churches mirages languages voices
	z	在元音之後。	heroes
f	f	差不多毫無例外。	if five raft fifty
	v	of 是唯一的例子。	of
	Ø	極罕有	halfpenny（全字轉音，唸 /'heɪpənɪ/ 或 /'hepənɪ/，但亦可唸 /'hɑːf'penɪ/ 或 /ˌhæf'penɪ/）。
fe	f	在字尾	life knife
ff	f	無例外	stiff
g	g	最普遍	give gig anger tiger begin target

字母	音標	情況是否普遍？	例子
	dʒ	頗普遍	German gentle gym margarine elegy
	Ø	罕有	phlegm paradigm sign foreigner gnat
ge	ʒ	頗普遍，主要是來自法文的字。	garage rouge massage prestige
	dʒ	普遍	luggage baggage language postage
gg	g	普遍	beggar luggage giggle egg
	dʒ	頗普遍	suggest exaggerate
gh	g	普遍	ghost ghastly ghetto aghast spaghetti
	f	只在字尾時	cough enough rough laugh tough
	Ø	少有，但出現在常用字。	light right high eight daughter
gu	g	普遍	guess guest guarantee guard guide
	gw	不大普遍	language Guam
gue	g	在字尾時	vague dialogue monologue catalogue

字母	音標	情況是否普遍？	例子
h	h	普遍	hat hit hospital house
	Ø	不普遍 弱讀	honest hour heir honour/honor he her him his has have
j	dʒ	普遍	job Jew jeans jump
	ʒ	罕有	bijou
	j	罕有	hallelujah
	Ø	罕有	marijuana
k	k	極普遍	kite speak weak kind
	Ø	kn 作字首唸 /n/。	knee knowledge
l	l	極普遍	litter lay play splash hold
	Ø	很少數字	should would could calm salmon half talk
le	l	在字尾	mile tile Nile little mole ale mule
ll	l	極普遍	till dull still silly
m	m	極普遍	moon them demon arm rhythm
	Ø	字頭 mn 唸 /n/。	mnemonic

字母	音標	情況是否普遍？	例子
mm	m	無例外	hammer
n	n	十分普遍	nose no tin sun fan unit enter
	ŋ	/k/ 音（以 c、g、k、q、x 表示）在後。	uncle anger thanks conquer anxious（handkerchief 也唸 /ˈhæŋkətʃɪf/。）
	Ø	字尾是 mn，唸 /m/，字尾是 ln 可唸 /l/。	column condemn damn（但 condemnation 卻唸 /ˌkɒndemˈneɪʃən/。） kiln /kɪl/（亦可唸 /kɪln/。）
ng	ŋ	普遍	sing singer song hanger
	ŋg	普遍	finger angle English anger
	ndʒ	可看作是 n + g。	angel Angela danger ginger
nge	ndʒ	字尾是 nge 時。	strange orange challenge
nn	n	無例外	funny sunny
p	p	極普遍	pen speed help
	Ø	極少數的字	receipt coup sapphire pneumonia psychology
ph	f	十分普遍	phrase sphere triumph photo diphthong nephew

字母	音標	情況是否普遍？	例子
	p	可看作是 p + 無聲的 h。	shepherd diphthong
	v	極罕見	Stephen nephew（舊式讀法）
qu	kw	十分普遍	queen quiet quite square squire equal liquid
	k	罕見	queue liquor bouquet
que	k	在字尾時	clique cheque picturesque
r	r	十分普遍 ar、or、er、ir、ur 等的讀音，參閱前一節《元音字母跟音素的關係》。	red drive friend write train
rh	r	普遍	rhino rhythm rhapsody
rr	r	普遍	merry ferry
rrh	r	普遍	cirrhosis
	Ø	在字尾時	catarrh myrrh
s	s	除了幾個例外之外，字頭是 s 就唸 /s/。	sun sir sit sound star

字母	音標	情況是否普遍？	例子
		s 在不帶音輔音前唸 /s/。	ask wasp test taste
		在元音之間，可能唸 /s/。	basin crisis
		前面的輔音是 /n, l/ 或不帶音，或字尾是 s，可能唸 /s/。	consider gipsy bus us gas
	z	後面之輔音帶音，或在元音之間，s 可能唸 /z/。	husband wisdom poison easy
		前面的輔音帶音而又不是 /n, l/，或字尾是 s，可能唸 /z/。	clumsy observe is was as his has
	ʃ	少有	sure sugar sugary
	ʒ	少有（s 在兩元音之間）。	leisure pleasure usual explosion Persian（美）Asia（美）
	Ø	少有	island debris aisle précis viscount
sc	s	頗普遍	science scissors scene
	sk	較普遍，可看作是 s + c。	scan scarf sceptic
sch	ʃ	頗普遍	schedule schwa

字母	音標	情況是否普遍？	例子
	sk	普遍	scheme schedule scholar school
se	s	在字尾普遍唸 /s/。	loose case else immense horse house（名詞）use（名詞）promise base
	z	在字尾普遍唸 /z/。	house（動詞）use（動詞）choose phrase lose
sh	ʃ	普遍	sheep fish she ship rush misshapen（但 mishap 卻唸 /ˈmɪshæp/，可分析為 mis·hap。）
si	ʃ	si 如後面跟着 on、al、an 則唸 /ʃ/。	expulsion tension controversial Persian（英）Asia（英）
ss	s	普遍	fuss kiss lesson
	z	屬例外	dessert possess scissors
	ʃ	屬例外	pressure
t	t	十分普遍	tea train storm sit left bastion（亦可唸 /tʃ/。）
	Ø	不普遍 法文字以 t 結尾。	castle often mortgage listen depot debut savant chalet buffet

字母	音標	情況是否普遍？	例子
	tʃ	以 ture 結尾唸 /tʃə/。	nature picture departure
ti	ʃ	ti 後面加元音唸 /ʃ/。	nation partial action initiate dictation
	ʒ	屬例外	equation
	tʃ	屬例外，跟在 s 後面。	question congestion suggestion
th	ð	普遍	the this that then there ether father further other southern northern bathe clothe breathe clothes
	θ	頗普遍	north south teeth bath cloth breath
	t	屬例外	Thames Thomas Chatham
	Ø	屬例外	asthma clothes（可唸 /kləʊz/。）
tt	t	普遍	better button
u	w	罕見	persuade suite suede
	Ø	在 g 之後，u 多無音。	guess guarantee guard
v	v	十分普遍	vine deceive poverty receive very
w	w	十分普遍	wine aware swan award beware

字母	音標	情況是否普遍？	例子
	Ø	屬例外	answer sword two write
wh	(h)w	普遍	when where why
	h	屬例外	whole who whore whoop
x	ks	普遍	six ox box
	gz	ex 為字頭，跟着是重讀的元音或無音"h"。	exist exam exert exhibit exhort exhaust
	ks	① ex 為字頭，且是重音。 ② ex 為字頭，跟着是不帶音的輔音。	excellent exhibition execute except expect excess exchange exclaim external explain
	z	在字頭時	xerox xenophobia xylophone
y	j	普遍	yes beyond lawyer
z (z)	z	普遍	zoo buzz dazzle
	s	tz 結尾的字唸 /ts/。	waltz quartz
	ts	外來字	Nazi pizza
	ʒ	屬例外	seizure azure

練習與思考

1. 在本章第一部份表列的元音字母中，哪一個表示最多的元音音素？哪一個表示最少的元音音素？
2. 在本章第二部份表列的輔音字母中，哪一個表示最多的輔音音素？哪一個表示最少的輔音音素？

Section II

Practice and Perfection

Appendix I 第二、三章錄音示範

第一部份 Part One

英語元音 English Vowels

音標 Symbol	例子 Examples
iː	1. Here you can see the deep blue sea. 2. Mr. Lee, the referee, was stung by a bee. 3. Have you ever seen a sheep sleep, peep or weep? 4. A friend in need is a true friend indeed. 5. Hello, police here.
ɪ	6. Fish, fish, all in a dish. 7. He shouted and shouted and shouted, but nobody came. 8. If Tim can sit still, I'll give him some candies. 9. This is the house that Jim built. 10. It is my fifth visit.
e	11. I have nothing to spend and I have nothing to lend. 12. There are ten men in the tent. 13. Ken went to bed at ten. 14. What can be done then? 15. Jennie bet again and again.

音標 Symbol	例子 Examples
æ	16. Rat a tat, tat. Who is that? 17. The fat man patted the black cat on his lap with his hands. 18. What's the matter? 19. What does your family do on Saturdays? 20. Wait at the taxi stand.
ɑː	21. Aunt Polly laughed heartily. 22. You can park your car in my garage. 23. My father is rather demanding. 24. Good afternoon. 25. Calm down.
ɒ	26. One shoe off and one shoe on. 27. You like hotdogs? 28. What's wrong with you? 29. This watch cost four hundred dollars. 30. Knock on the door before you enter.
ɔː	31. Horses, horses, I've got horses. 32. You look awful. 33. He's always complaining. 34. Walk Tall. 35. Save water.
ʊ	36. Pussy cat, pussy cat. 37. You look good! 38. Don't push. Pull.

音標 Symbol	例子 Examples
	39. Put the book under the cushion.
	40. He could and should have helped, but he wouldn't.
uː	41. Moo cow, moo cow,
	42. Would that do?
	43. I don't like kung-fu movies.
	44. Who is it?
	45. Don't move, or I'll shoot.
ʌ	46. One man, one vote.
	47. Come on! Let's go.
	48. Well done, my son.
	49. You must not run in the corridor.
	50. You must.
ɜː	51. How absurd to swallow a bird.
	52. The girl came third in the exam.
	53. He earns his living by selling furniture.
	54. She learned German at university.
	55. The early bird catches the worm.
ə	56. Tinker, tailor, soldier, sailor.
	57. What's the name of her husband?
	58. There's a great variety of birds in the Mai Po area.
	59. I suppose you're right.
	60. What's your favourite colour?
eɪ	61. The rain in Spain falls mainly on the plain.

音標 Symbol	例子 Examples
	62. What's your name? 63. She hates to waste paper. 64. You look great today. 65. Public exams are held in April and in May.
əʊ	66. Old Macdonald had a farm. E, I, E, I, O. 67. No smoking. 68. Oh, no! 69. I don't know. 70. Those old songs are so romantic.
aɪ	71. Did you ever see such a sight in your life, As three blind mice? 72. The pie is nice. 73. The time is right to fly a kite. 74. You're quite right. 75. I can't find the time to recite the poem.
aʊ	76. How are you now? 77. That sounds good. 78. How about shouting loud in the mountains? 79. Does the clown look funny when he frowns? 80. Allow me to count the houses.
ɔɪ	81. That noisy boy has a big, big voice. 82. I see your point. 83. Come and join us.

音標 Symbol	例子 Examples
	84. Where's the toilet?
	85. She's a great joy to her mother.
ɪə	86. Dear, dear, what can the matter be?
	87. Speak loud and clear.
	88. He has some weird ideas.
	89. Cheer up, my dear, and wipe your tears.
	90. New Year is drawing near.
eə	91. Where? There, Where? Under the chair.
	92. Air is so fresh there.
	93. Dare you compare me to a hare?
	94. I can't bear him.
	95. Let's work in pairs.
ʊə	96. Poor John was robbed on a guided tour.
	97. Are you sure?
	98. I like the rural scenery.
	下面之綠色粗體字唸 /jʊə/：
	99. He is curious to learn.
	100. He swims every morning during the summer.

第二部份 Part Two

英語輔音 English Consonants

音標 Symbol	例子 Examples
p	101. Peter Piper picked a peck of pickled peppers. 102. What's happened? You look unhappy. 103. Air tickets are not cheap. 104. He sprayed the wall with paint. 105. The leopard leapt over the stream.
b	106. Tiger! Tiger! Burning bright. 107. It's a big brown dog. 108. He robbed the boys of their watches. 109. What about bowling? 110. He broke his rib.
t	111. Rat a tat. Who is that? 112. I hoped he would come. 113. I have little money left. 114. I liked butter and steak. 115. Don't be late.
d	116. I did, I did, I did. 117. I told him to dry the dishes. 118. He looked old and tired. 119. It is difficult to drive on a muddy road. 120. He'd like to see you.

音標 Symbol	例子 Examples
k	121. The cock is crowing. 122. All men are equal. 123. He's quite a character. 124. Keep the room tidy and clean. 125. You look scared.
g	126. Guiness is good for you. 127. The big dog chases the beggar. 128. The meaning is so vague. 129. We must guard against gossips. 130. Yu can't ignore him.
tʃ	131. Miss Churchill never goes to church. 132. How much is the satchel? 下面之綠色粗體字唸 /tʃə/： 133. He gave a lecture on Chinese culture. 下面之綠色粗體字唸 /tʃəs/： 134. He is self-righteous. 下面之綠色粗體字唸 /stʃən/： 135. Have you any questions?
dʒ	136. John, Joe and Jeff are jolly good friends. 137. Dangers ahead. 138. I suggest we go jogging. 139. "Huge" means "very large". 140. The major is a good soldier.

音標 Symbol	例子 Examples
f	141. Fee, fie, foe, fum. 142. Don't laugh at him 143. Father offered to help. 144. He has few friends. 145. My nephew hurt his feet.
v	146. I met a villager with seven wives. 147. She sings very well with a sweet voice. 148. Leave everything to Eva. 149. Have you ever been to Africa? 150. Don't move.
θ	151. Make it thick, make it thin. 152. The three thieves were caught. 153. August is the eighth month of the year. 154. Nothing is as important as our health. 155. I thought it over thoroughly.
ð	156. This is the key of the kingdom. 157. Come with me. 158. Who did you go with? 159. They went on, even though they were tired then. 160. Although he's poor, he's happy.
s	161. Sing a song of sixpence. 162. What's that you've bought? 163. Listen! It's a mouse. 164. He likes both cats and dogs. 165. He speaks several languages.

音標 Symbol	例子 Examples
z	166. Players please. 167. It's easily exaggerated. 168. I bought two cows, three pigs and four goats. 169. Why's that? 170. Could you xerox this letter for me please?
ʃ	171. Fish, fish, all in a dish. 172. She sells sea-shells on the sea-shore. 173. Are you sure? 174. Could you pass me the sugar please? 175. My conscience is clear.
ʒ	176. It's a pleasure beyond measure. 177. As usual, I had dinner there. 178. Eagles have perfect vision. 179. We have to come to a decision before noon. 180. Get your car fixed in a garage.
h	181. Ha, ha, ha, hee, hee, hee. 182. Who's there? 183. It's hot here. 184. I hate this hotel. 185. There's no place like home.
m	186. Mummy will give you a diamond ring. 187. Michael is a common name. 188. Tomorrow I'm speaking against the motion that men and women are equal. 189. The problem is simple.

音標 Symbol	例子 Examples
	190. What's the matter?
n	191. London's not burning; there's no need to fetch the fire engines. 192. Does it snow in winter in northern China? 193. He can't learn anything. 194. He shows no sign of annoyance. 195. Isn't he funny?
ŋ	196. It's raining, it's pouring. 197. Alan Chung is my favourite singer. 198. Things can go wrong. 下面之綠色粗體字唸 /ŋg/： 199. Is England a good place for learning the English language? 下面之綠色粗體字唸 /ŋk/： 200. I think he's holding a banquet.
l	201. Lilies are white, dilly dilly. 202. Please clean the table. 203. Billy's fallen ill. 204. My elder sister helps me with my homework. 205. That building looks so ugly.
r	206. My love is like a red, red rose. 207. My school has a very good library.

音標 Symbol	例子 Examples
	208. Sorry for being rude.
	209. Hand in your project next Friday.
	210. You see your reflection in a mirror.
j	211. Yes sir, yes sir.
	212. She's a senior student.
	213. He hasn't done much yet.
	下面之綠色粗體字唸 /ju:/：
	214. The new suit suits me fine.
	215. What a beautiful tune!
w	216. Workers of the world unite!
	217. What would you do if you were him?
	218. Water, water, everywhere.
	219. Well, what's wrong with her?
	220. She's quite a quiet girl.

第三部份 Part Three

一些容易為香港學生混淆的英語元音

English Vowels Indistinguishable to Many Pupils in Hong Kong

音標 Symbol	例子 Examples
iː–ɪ	221. He beat me. He bit me. 222. He is leaving with his brother. He is living with his brother. 223. Please be seated Please sit down. 224. There is a beach there. There is a bitch there. 225. He is on his feet. He is in a fit.
e–æ	226. It is said that he was killed. It is sad that he was killed. 227. The men beat her. The man beat her. 228. He's a vet. It's a vat. 229. I mean the letter. I mean the latter.

音標 Symbol	例子 Examples
	230. She gave him a pet. She gave him a pat.
uː–ʊ	231. He's a fool. He's full. 232. He's fond of good food. He's good at football. 233. Let's pool our resources. Let's pull together. 234. It's a boot. It's a foot. 235. The doves cooed. Who could do this?
ɔː–ɒ	236. What is a cork for? What is a cock for? 237. I need a piece of cord. I need a piece of cod. 238. It's a port. It's a pot. 239. It's a stork. It's a stock. 240. This is my daughter. This is my doctor.

第四部份 Part Four

一些容易為香港學生混淆的英語輔音

English Consonants Indistinguishable to Many Pupils in Hong Kong

音標 Symbol	例子 Examples
l–n	241. It is lead. It is Ned. 242. Good night, Mr. Light. 243. This is Mr. Lo and that is Mr. Knowles. 244. My neighbour is a labourer.
ð–d	245. Those does run very fast. 246. Then we saw a den of lions. 247. They were tired after working all day. 248. I dare not go there. 249. This is a good disc.
f–θ	250. This number is free. This number is three. 251. I fought him. I thought of him. 252. We killed this thin shark for its fin.
l–r	253. Don't step on the glass. Don't step on the grass.

音標 Symbol	例子 Examples
	254. Let's play. Let's pray. 255. Mr. Ray lay on his bed.
s–z	256. He was racing the bicycle. He was raising the bicycle. 257. This is a big house. These are big houses. 258. Has anyone ever heard of a sink made of zinc?
v–w	259. The vines are good. The wines are good. 260. The veiled woman wailed. 261. Mr. Wan drives a van. 262. He has done very well.

Appendix II 廣東話的音標

(甲) 元音的音標

音標	例
a	鴉 /a/
ɐ	不 /pɐt/
ɛ	些 /sɛ/
i	衣 /ji/
ɔ	柯 /ɔ/
œ	靴 /hœ/
u	烏 /wu/
y	於 /y/
ai	唉 /ai/

音標	例
au	鬧 /nau/
ɐi	矮 /ɐi/
ɐu	歐 /ɐu/
ei	欺 /hei/
iu	超 /tsʰiu/
ou	蘇 /sou/
ɔi	哀 /ɔi/
ui	回 /wui/
œy	居 /kœy/

(乙) 輔音的音標

音標	例
pʰ	編 /pʰin/
p	邊 /pin/
tʰ	天 /tʰin/
t	顛 /tin/
m	棉 /min/
n	年 /nin/
ŋ	昂 /ŋɔŋ/
kwʰ	狂 /kwʰɔŋ/
kw	光 /kwɔŋ/

音標	例
kʰ	虔 /kʰin/
k	堅 /kin/
f	飛 /feɪ/
l	連 /lin/
tsʰ	前 /tsʰin/
ts	戰 /tsin/
s	仙 /sin/
j	煙 /jin/
w	溫 /wʌn/
h	牽 /hin/

Appendix III 第四、五章錄音示範

第一部份 Part One

為甚麼要學國際音標？

Why Should We Learn IPA?

請先將下列各組的英文字讀一遍，然後再留心聽錄音有關部份，看看自己先前唸得對不對。請跟着錄音把每個字讀一次。

A. 表示英語元音的字母 Letters representing English vowels

1. angel angelic garage village wasp water about

2. mar carol care war warrant particular

3. bait aisle quay says plaid Murray curtain

4. fawn draught gauge chauffeur sauerkraut sausage

5. penal apostrophe herring economy pretty agent café

6. nervous mere where ferry Derby safer

7. breach meadow steak idea

8. spear pear pearl hearth

9. green Greenwich Greenwich* matinee

(*Greenwich 之綠色粗體字母有兩個讀音)

10. reign ceiling Farenheit Reynolds

11. heir weird

12. ewe crew sew masseuse Freudian

13. Europe monsieur

14. pint spaghetti eligible police

15. firm virus miracle

16. die diesel friend carried

17. coma omit comma glove prove wolf opinion

18. core lorry worse worry

19. road broad cupboard

20. doe shoe does phoenix

21. loiter choir tortoise reservoir

22. food good flood brooch

23. door poor

24. owl bowl coupon could

25. tough trough though through thorough

26. flour four journey courage gourd courier

27. cute rude cut pull busy stimulate album failure

28. urn lure hurry jury bury

29. cue glue

30. suit nuisance biscuit guide suite

B. 表示英語輔音的字母 Letters representing English consonants

31. bombard bomb

32. lyric lyricism cello muscle

33. accurate accident

34. grace ocean

35. chip chic chaos yacht

36. dwindle gradual handkerchief

37. wanted played clapped

38. languages heroes

39. if of halfpenny

40. dig digital phlegm

41. garage luggage

42. beggar suggest

43. aghast tough daughter

44. guess language

45. hospital heir

46. Jew bijou hallelujah marijuana

47. kite knee

48. hold should

49. moon mnemonic

50. fans thanks column

51. singer finger angel

52. speed receipt

53. sphere shepherd Stephen

54. queen queue

55. cirrhosis catarrh

56. us husband sugar leisure debris

57. scene scan

58. schedule schedule (US)

59. loose lose

60. misshapen mishap

61. lesson possess pressure

62. left listen nature

63. nation equation question

64. southern south Thames asthma

65. persuade guard

66. wine sword

67. why who

68. ox exam xerox

69. zoo quartz Nazi seizure

聽完錄音有關部份後，你會發覺每一組字的綠色粗體字母雖然都一樣，但它們卻代表不同的音，而要清楚表示這些不同的音，我們就要使用不同的音標。跟其他音標比較，國際音標表音直接、明確，而數量又最少，很適合外國學生學習。讀者可參閱本書第五章《英文字母與音素的關係》。

第二部份 Part Two

為甚麼國際音標比較容易學習？

Why Is It Relatively Easy to Learn IPA?

請小心聆聽每組英文字的讀音，尤其是綠色粗體字母所代表的音值，將音標（包括其形狀）與音值連繫起來，緊記在腦子裏。請跟着錄音把每個字讀一次。

A. 代表英語元音的音標 Symbols representing English vowels

	音標 Symbol	例子 Examples
1	iː	E sea leap eat read weak each leaf eave beneath breathe peace ease east team mean meal bee keep feet need week beech beef reeve teeth teethe geese breeze seem seen eel receive seize siege piece field police
2	ɪ	private village believe educe needed eclipse except Egyptian efface event escape emit enunciate elect ship lib sit did pick six big rich itch ridge if cliff gift give pith withe miss disk list is babies fish him thin hint since tinge sing think ill milk film kiln busy build happy baby city lady lucky foggy toffy navy Cathy icy daisy lazy fishy stormy many lovely starry

	音標 Symbol	例子 Examples
3	e	ate（*ate 有兩種唸法，在這裏它跟 bet 押韻。） Thames any dare said again says pep web get bed peck index beg left ever ethics yes best empty hen dent send tell held dead Geoffrey friend bury
4	æ	map apt lab cat ad back tax bag catch badge ass dash am lamp man hand bang bank pal plait plaid
5	ɑː	fa staff raft bath pass gasp past task sample grant demand ranch dance answer charade moustache garage vase calm bar sharp barb art hard mark arch large scarf farce parse arm barn snarl laugh aunt clerk
6	ɒ	quad was what salt because top sob pot odd lock dog moth boss lost Tom don fond long dollar sorry Gloucester cough knowledge
7	ɔː	water all halt bald walk false quart war cautious caught pause launch Paul fault baulk law hawk lawn or absorb sort cord forth horse dorm born more oar door four
8	ʊ	bosom woman wolf hoop foot good look hoof wool could courier put pudding butcher push full jury

	音標 Symbol	例子 Examples
9	uː	drew do move lose shoe loop root food spook proof tooth loose ooze room noon pool you soup route wound super rude June rule rue juice two
10	ʌ	love nothing come son done monk among colour couple double touch rough southern cousin country young courage up rub cut mud duck dug much judge puff us just rush sum sun dunce sung ultimate dull
11	ɜː	earth serve alert jerk fern err chauffeur virtue chirp dirt bird birch firth first firm girl word journey fur burp blurb hurt lurk church urge surf nurse burst urn curl purr colonel
12	ə	woman gentlemen possible possess radius triangular property sailor famous colour torture
13	eɪ	April ape babe late made make cage safe gave ace bass base waste gaze name lane ale wait aid faith waist raise aim main faint sail day fiancé bouquet great steak heinous eight beige rein feign feint veil they
14	əʊ	vaudeville beau so hope globe note rode woke cove pose home bone hole most roll volt old folk soap boat road oak coast roam goal toe though soul slow own

	音標 Symbol	例子 Examples
15	aɪ	aisle either height hi wipe gibe bite wide like life ice time line mile high light climb kind wild die by rhyme bye
16	aʊ	out loud ouch mouth house noun count found cow crowd town
17	ɔɪ	voice noise moist join joint oil boy
18	ɪə	mere idea real hear beard deer weird fakir Ian tier
19	eə	Mary care air there bear heir
20	ʊə	poor tour

B. 代表英語輔音的音標 Symbols representing English consonants

	音標 Symbol	例子 Examples
1	p	pin appear spin shape
2	b	back labour symbol rib
3	t	tea steak butter boat utmost
4	d	day leader head sudden
5	k	kin skin duck locked car scar magic according equal technique anchor
6	g	go eager dog begged ghetto guilt fatigue
7	tʃ	chin richer inch wretched nature righteous question
8	dʒ	jam major gem suggest judge soldier
9	f	feet defend leaf affair stuff photo cough
10	v	voice of nephew move
11	θ	thief path earthed
12	ð	there gather with clothe
13	s	sat losses mouse cease ice science
14	z	easy noise dizzy zero gaze

	音標 Symbol	例子 Examples
15	ʃ	shoe machine sure sugar nation conscience special
16	ʒ	vision pleasure azure gigolo beige
17	h	how ahead who
18	m	man simple warm game
19	n	now snake know sign gnat pneumonia
20	ŋ	singer singing tongue
21	l	light silly fill apple
22	r	road mirror library price
23	j	yes union familiar
24	w	wet swim whether which

聽完錄音後，你會發覺每組字的綠色粗體字母雖然不一樣，但其代表的音值卻基本一樣，而國際語音學會用同一個音標代表這些相同的音值。讀者要做的功夫，是將二十個元音音標和二十四個輔音音標，和其音值連繫起來，緊記於心。如果這項工作做得好，以後藉着辭典的幫助，就可將每個英文生字的讀音準確唸出來。關於上列各組英文字的注音，可參閱本書第四章《英語音素與字母的關係》。

第三部份 Part Three

英語同形異音詞 English Homographs

英文裏極少數的字是同形異音（一字二音或多音）的。請將下列各組的句子讀出來，再聽聽錄音，看看自己唸得對不對。

1. He was aged eleven.
   Society should care for the sick and the aged.

2. The actors took their bow.
   Hunters used to hunt with bows and arrows.

3. His conduct is good.
   Please conduct him to the door.

4. He has learned English for ten years.
   He is a learned man.

5. They live in Vancouver.
   The football match will be broadcast live.

6. He used to frequent discos.
   His visits to discos have become less frequent.

7. Just a minute.
   Particles of dust are minute.

8. Historians record important events.
   Please keep a record of all expenses.

9. You can tear this page off.
   You can see tears in her eyes.

10. What a gust of wind!
    What a long, winding road!

第四部份 Part Four

英語同音異寫詞 English Homophones

在英語裏，同音異寫的現象遠比同字異音普遍。現在請聽錄音。在聽完每個字音後，請用紙將同音的字試寫出來，再將自己的答案跟下列答案比較，看看自己的同音詞彙是否豐富。

英語同音異寫詞答案 English homophones — Answers

1.	no 否	know 知道	
2.	air 空氣	heir 繼承人	err (US) 犯錯
3.	plane 平面	plain 淺白	
4.	sew 縫 soh 音階中第五音	so 所以	sow 播種
5.	sight 視力	cite 引用	site 工地
6.	aids 輔助物	AIDS 愛滋病	aides 助手
7.	which 哪	witch 女巫	
8.	saw 見	sore 痛	soar 升騰
9.	eight 八	ate 吃	
10.	break 打破	brake 剎車	
11.	mail 郵件	male 雄性的	

12. pray 祈禱 | prey 獵物
13. rain 雨 | reign 統領 | rein 韁繩
14. raise 舉起 | rays 光線 | Ray's Ray 的 | raze 摧毀
15. stationary 不動的 | stationery 文具
16. principal 校長 | principle 原則
17. aunt 阿姨 | aren't 等於 are not
18. past 以往的（形）/ 昔日（名） | passed 走過（動）
19. band 樂隊 | banned 禁止
20. dam 水壩 | damn 非常的
21. wrapped 包裹好 | rapped 敲擊 | rapt 全神貫注
22. see 見 | sea 海 | C 字母 C
23. jeans 牛仔褲 | Jean's Jean 的 | genes 基因 | Gene's Gene 的
24. heal 治癒 | heel 腳跟 | he'll 等於 he will
25. key 鑰匙 | quay 碼頭
26. meat 肉 | meet 遇見 | mete 分配
27. seen 見 | scene 現場
28. sweet 甜 | suite 套間
29. steal 偷 | steel 鋼
30. career 事業 | Korea 韓國

31. berry 莓　Berry 人名　bury 埋葬
Bury 地方名

32. cent 仙　scent 氣味　sent 寄

33. check 檢查　cheque 支票　Czech 捷克人

34. weather 天氣　whether 是否　wether 去了勢的羊

35. fair 公平　fare 車資

36. pair 一對　pear 梨

37. wear 穿着　where 哪兒　ware 製品

38. die 死　dye 染色　Di Diana 的小名
Dai 男子名

39. right 右　rite 儀式　write 寫
wright 工人　Wright 姓氏

40. wise 有智慧的　whys 各種原因　why's 等於 why is

41. gorilla 大猩猩　guerrilla 游擊隊員

42. grisly 恐怖的　grizzly 灰熊

43. its 它的　it's 等於 it is

44. knows 知道　noes no（名）的眾數　nose 鼻

45. council 局　counsel 輔導

46. boy 男孩　buoy 浮標

47. flower 花　flour 麵粉

48. oral 口語的　aural 聽覺的

49. boar 公野豬	bore 使煩厭 / 鑽孔	boor 莽漢
50. profit 利潤	prophet 先知	
51. queue 排隊	cue 提示	Q 字母 Q
52. you 你 yew 紫杉	ewe 母羊	U 字母 U
53. blue 藍	blew 吹	
54. threw 拋	through 穿過	
55. insure 保險	ensure 保證	
56. none 沒有人	nun 尼姑	Nunn 姓氏
57. kernel 核心	colonel 上校	
58. heard 聽見	herd 獸羣	
59. word 字、詞	whirred 發出呼呼聲	
60. grown 生長	groan 呻吟	

Appendix IV 從拼寫法找出讀音

要知道一個英文字的正確讀音，可從重音節入手。找到重音節的讀音後，整個字的讀音就不難決定。

一、單音節字

單音節英文字單唸時，通常都是讀重音的。

(1) 試讀：

dram cress tiff romp puck

以上的字不難讀得正確，因為其拼法清楚顯示其讀音。

(a) 下述的拼寫規則，有助把元音字母的讀音找出來：

在重讀的閉音節中，元音字母 a、e、i、o、u 普遍讀短音 /æ, e, ɪ, ɒ||ɑ, ʌ/；

(b) 英文字中輔音字母的讀音，一般是很容易決定的，例如上列的 5 個字。

這些字的讀音為：

dram	cress	tiff	romp	puck
/dræm/	/kres/	/tɪf/	/rɒmp||rɑmp/	/pʌk/

(2) 試讀：

ta　te　pi　lo　nu

這些字的讀音可用類推法找出來。以 ta 為例，ta 讀 /tɑː/，正如 ma 讀 /mɑː/。為了簡單起見，現用 ta /tɑː/ : ma /mɑː/ 的方式表示。下同。

(a) ta /tɑː/ : ma /mɑː/；

(b) te /tiː/ : he /hiː/；

(c) pi /paɪ/ : hi /haɪ/（但音階 mi 則讀 /miː/）；

(d) lo /ləʊ/ : no /nəʊ/（但 do 則讀 /duː/）；

(e) nu /njuː/ : mu /mjuː/。

(3) 試讀：

Dave　dene　lite　mode　rune

下述的拼寫規則，有助把上列字的讀音找出來：

在重讀的字尾 a..e、e..e、i..e、o..e、u..e 中，a、e、i、o、u 普遍讀長音 /eɪ, iː, aɪ, əʊ, juː/uː/。

這些字的讀音為：

Dave	dene	lite	mode	rune
/deɪv/	/diːn/	/laɪt/	/məʊd‖moʊd/	/ruːn/

(4) 試讀：

garb　perk　mirth　tort　turf

我們用類推法把字音找出來。

(a) garb /gɑ:b/ : card /kɑ:d/；

(b) perk /pɜ:k/ : jerk /dʒɜ:k/；

(c) mirth /mɜ:θ/ : birth /bɜ:θ/；

(d) tort /tɔ:t/ : port /pɔ:t/；

(e) turf /tɜ:f/ : surf /sɜ:f/。

(5) 試讀：

trail laud mead reef freight fiend

我們用類推法。

(a) trail /treɪl/ : fail /feɪl/；

(b) laud /lɔ:d/ : fraud /frɔ:d/；

(c) mead /mi:d/ : read /ri:d/（但 read 亦可讀 /red/）；

(d) reef /ri:f/ : beef /bi:f/；

(e) freight /freɪt/ : eight /eɪt/（但 height 則讀 /haɪt/）；

(f) fiend /fi:nd/ : field /fi:ld/。

(6) 試讀：

oats foe foil bout flue bruise

我們用類推法。

(a) oats /əʊts/ : boats /bəʊts/；

(b) foe /fəʊ/ : Joe /dʒəʊ/（但 shoe 則讀 /ʃuː/）；

(c) foil /fɔɪl/ : boil /bɔɪl/；

(d) bout /baʊt/ : out /aʊt/；

(e) flue /fluː/ : blue /bluː/；

(f) bruise /bruːz/ : juice /dʒuːs/。

二、雙音節字

雙音節英文字的讀音比較複雜，因為其輕、重音模式有四種：

(1) 先重後輕，如 after；

(2) 先輕後重，如 ago；

(3) 次重 + 重，如 Chinese；

(4) 重 + 次重，如 female。

雙音節的名詞中，有九成字的重音是在第一個音節。

雙音節的動詞中，重音則多在第二個音節。

(1) 先重後輕

(a) 與 (b) 中例字的輕、重音模式都是：重 + 輕。

(a) 試讀：

maple edict idol cogent runic

(i) 綠色粗體字母都重讀以及讀長音 /eɪ, iː, aɪ, əʊ, uː/。

(ii) 這些字的拼法可分析成：ma·ple、e·dict、i·dol、co·gent、ru·nic。

這些字的讀音為：

ma·ple	e·dict	i·dol	co·gent	ru·nic
/'meɪpl/	/'iːdɪkt/	/'aɪdl/	/'kəʊdʒənt‖'koʊdʒənt/	/'ruːnɪk/

(b) 試讀：

fabric　Evans　lithic　modest　public

(i) 綠色粗體字母都重讀及讀短音 /æ, e, ɪ, ɒ‖ɑ, ʌ/。

(ii) 這些字的拼法可分析成：fab·ric、Ev·ans、lith·ic、mod·est、pub·lic。

這些字的讀音為：

fab·ric	Ev·ans	lith·ic	mod·est	pub·lic
/'fæbrɪk/	/'evənz/	/'lɪθɪk/	/'mɒdəst‖'mɑdəst/	/'pʌblɪk/

(2) 先輕後重

(a) 與 (b) 中例字的輕、重音的模式都是：輕＋重。

(a) 試讀：

estate　deplete　confine　impose　refute

(i) 綠色粗體字母都重讀。

(ii) 下列拼寫規則適用於這些字：

在重讀的字尾 a..e、e..e、i..e、o..e、u..e 中，a、e、i、o、u 普遍讀長音 /eɪ, iː, aɪ, əʊ, juː/uː/。

這些字的讀音為：

es·tate	de·plete	con·fine	im·pose	re·fute
/ɪs'teɪt/	/dɪ'pliːt/	/kən'faɪn/	/ɪm'pəʊz/	/rɪ'fjuːt/

(b) 試讀：

abash deject distinct defrock conduct (v)

(i) 綠色粗體字母都重讀。

(ii) 下列拼寫規則適用於這些字：

在重讀的閉音節中，a、e、i、o、u 普遍讀短音：/æ, e, ɪ, ɒ‖ɑ, ʌ/。

這些字的讀音為：

a·bash	de·ject	dis·tinct	de·frock	con·duct (v)
/ə'bæʃ/	/dɪ'dʒekt/	/dɪs'tɪŋkt/	/dɪ'frɒk‖dɪ'frɑk/	/kən'dʌkt/

(3) 次重 + 重

試讀：

canteen rewrite Chinese hotel unkind

第一個音節讀次重音，其元音部份有重讀的音色。

這些字的讀音為：

can·teen	re·write	Chi·nese	ho·tel	un·kind
/ˌkæn'tiːn/	/ˌriː'raɪt/	/ˌtʃaɪ'niːz/	/ˌhəʊ'tel/	/ˌʌn'kaɪnd/

(4) 重 + 次重

試讀：

female　blessed (adj)　profile　veto　perfume

第二個音節讀次重音，其元音部份有重讀的音色。

這些字的讀音為：

fe·male	bless·ed (adj)	pro·file	ve·to	per·fume
/ˈfiːˌmeɪl/	/ˈblesˌɪd/	/ˈprəʊˌfaɪl/	/ˈviːˌtəʊ/	/ˈpɜːˌfjuːm/

三、多音節字

多音節英文字的讀音，比雙音節的更複雜，因為輕、重音的模式更多變化：

三音節字		多音節字	
輕、重音節組合模式	例字	輕、重音節組合模式	例字
次重 + 輕 + 重	ˌunderˈstand	輕 + 重 + 輕 + 輕	phoˈtography
重 + 輕 + 輕	ˈyesterday	次重 + 重 + 輕 + 輕	ˌunˈfortunate
重 + 輕 + 次重	ˈteleˌphone	輕 + 重 + 輕 + 次重	acˈclimaˌtize
輕 + 重 + 輕	imˈportant	次重 + 輕 + 重 + 輕	ˌphotoˈgraphic
次重 + 重 + 輕	ˌunˈcertain	重 + 輕 + 輕 + 輕	ˈmelancholy
輕 + 重 + 次重	poˈtaˌto	重 + 輕 + 次重 + 輕	ˈeduˌcated

要找出多音節字的重音節，可以用類推法以及根據下述原則：

英文字的重音多在語幹 (stem) 上，較少在前綴 (prefix) 或後綴 (suffix)。

例如：

(1) sporadic

下列的英文字，跟 sporadic 一樣，都有三個音節，而且都以後綴 -ic 結尾：

atomic	artistic	Atlantic	mechanic
domestic	autistic	majestic	erratic
athletic	electric	Pacific	exotic
Olympic	romantic	nostalgic	ironic
ceramic	dynamic	dramatic	scholastic
scientific	narcotic	realistic	specific
fantastic	Catholic		

這些字的重音，除了 Catholic 一字之外，都在後綴 -ic 之前的音節上。字的輕、重音模式是：輕、重、輕。因此，sporadic 的重音很可能在元音字母 a 上。至於 a 應讀長音還是短音呢？由於 dramatic、mechanic、erratic、ceramic、dynamic 中的 a 都讀短音，所以 sporadic 的 a 應該讀短音。

spo·rad·ic 讀 /spə'rædɪk/。

Cath·o·lic 讀 /'kæθəlɪk/。字音中的 /ə/ 可省去，所以 Catho·lic 亦可讀成兩個音節 /'kæθlɪk/，字的重音在後綴 -ic 之前的音節上，輕、重音模式是：重、輕。其他的例字有：

picnic	frantic	basic	Tropic
fabric	hectic	tactic	traffic
drastic	public	civic	music

(2) patriotic

下列的英文字，跟 patriotic 一樣，都有四個音節，而且都以後綴 -ic 結尾：

economic	democratic	Polytechnic
academic	historic	electronic
automatic	diplomatic	transatlantic

這些字的重音都在後綴 -ic 之前的音節上，次重音則在第一個音節。字的輕、重音模式是：次重、輕、重、輕。因此，patriotic 的重音很可能在元音字母 o 上。

o 讀長音還是短音呢？由於 economic 和 electronic 的 o 都讀短音，所以 patriotic 的 o 很可能亦讀短音。至於次重音的讀法，英、美人士有不同的習慣。

英國人把字分析成 pat·ri·ot·ic，讀 /ˌpætrɪ'ɒtɪk/，而美國人則把字分析成 pa·tri·ot·ic，讀 /ˌpeɪtrɪ'ɑtɪk/。

(3) truism

下列的英文字，跟 truism 一樣，都有三個音節，而且都以後綴 -ism 結尾：

realism	sadism	Fascism	Taoism
baptism	Marxism	Buddhism	dualism

這些字的重音都在後綴 -ism 之前的音節上。字的輕、重音模式是：重、輕、輕。因此，truism 的重音很可能在元音字母 u 上。u 在開音節中讀長音。

tru·i·sm 讀 /'truːɪzəm/。

(4) mechanism

下列的英文字，跟 mechanism 一樣，都有四個音節，而且都以後綴 -ism 結尾：

surrealism	unrealism	socialism	neutralism
urbanism	egotism	idealism	magnetism
nihilism	humanism	symbolism	Methodism
pacifism	Judaism	Semitism	communism
despotism	journalism	rheumatism	archaism
optimism	pessimism	feudalism	pragmatism
dogmatism	organism	Platonism	Hinduism
skepticism	Stoicism	animism	cynicism
Darwinism			

這些字的重音，除了 surrealism 、unrealism 和 idealism 這三個字之外，都在第一個音節上。字的輕、重音模式都是：重、輕、輕、輕。mechanism 的重音是不是亦在第一個音節上？我們先看一些例外的讀音。

Surrealism 、unrealism 和 idealism 這三個字的重音，都在語幹上。surreal 、unreal 和 ideal 的重音都在最後的音節。surreal 、unreal 和 ideal 加了後綴 -ism 之後，其重音的位置並沒有因此而向前移。

socialism 、neutralism 、urbanism 等字亦可分析成：social + ism, neutral + ism 等。social 和 neutral 的重音都在第一個音節上。social 和 neutral 加了 -ism 之後，其重音的位置亦沒有改變。

mechanism 可分析成：mechan + ism 。mechan 的重音在哪一個音節？由於 mechanic 、mechanics 、mechanical 的重音都在第二個音節上，因此很多人會問：mechanism 的重音是不是亦在第二個音節？

mechanize 和 mechanist 的重音都在第一個音節；mechanism 的重音究竟在哪一個音節？

答案是：mechanism 讀 /'mekənɪzəm/，重音在第一個音節，e 讀短音。mechanism 可分析成 mech·an·i·sm。

(5) utopianism

下列的英文字，跟 utopianism 一樣，都有五個音節，而且都以後綴 -ism 結尾：

nationalism	rationalism	capitalism	materialism
relativism	provincialism	Protestantism	revivalism
opportunism	paternalism	hooliganism	conservatism
romanticism	radicalism	federalism	evangelism
liberalism			

上面的字可分析成兩個部份，例如 national + ism，material + ism。national 的重音在第一個音節；national 加了 -ism 之後，其重音的位置並沒有改變。material 的重音在第二個音節；material 加了 -ism 之後，其重音的位置亦沒有改變。

utopianism 可分析成 utopian + ism，utopian 的重音在第二個音節。因此，utopianism 的重音亦在第二個音節。

u·to·pian·i·sm 讀 /juː'təʊpjənɪzəm/。

(6) decipher

下列的英文字，跟 decipher 一樣，都以前綴 de- 開頭：

decide	derange	degrade	deduce
detract	debase	debate	debone
debug	decamp	depart	defile
deflate	delete	deport	deprive
deprave	depress	descend	detect
denounce	delimit	decompose	decompress

depressive	descendent	dehydrate	deactivate
debatable	decelerate	decolourize	deconcentrate
deemphasize	degenerate	dehumanize	delineate
delocalize	demobilize	demoralize	deoxidize
deportation	depreciate	descendible	dehumidify
decontaminate	decriminalize		

上面的字可分析成兩個部份，例如 de + emphasize、de + compress。emphasize 的重音在第一個音節，前面加了 de 之後，其重音的位置並沒有改變。compress 的重音在第二個音節上，前面加了 de 之後，其重音的位置亦沒有改變。

decipher 可分析成兩個部份：de + cipher，cipher 的重音在第一個音節。因此，decipher 的重音在第二個音節上。decipher 可分析成 de·ci·pher，i 讀長音。

de·ci·pher 讀 /dɪ'saɪfə/。

(7) preferable

下列的英文字，跟 preferable 一樣，都以後綴 -able 結尾：

avoidable	enjoyable	enviable	believable
acceptable	comparable	admirable	adorable
refutable	endurable	dependable	understandable
reliable	justifiable		

上面的字可分析成兩個部份：動詞 + able，例如 avoid + able、envy + able。avoid 的重音在第二個音節上，後面加了 -able 之後，其重音的位置並沒有改變。envy 的重音在第一個音節，後面加了 -able 之後，其重音的位置亦沒有改變。

有小部份動詞在後面加了 -able 之後，其重音的位置會向前移。

例如動詞 compare, admire, repute 的重音都在第二個音節，後面加了 -able 之後，其重音會變成在第一個音節上。compare 讀 /kəm'peə/ ，comparable 卻讀 /'kɒmpərəbl/ 。

preferable 可分析成：prefer + able。prefer 讀 /prɪ'fɜː/ ，後面加了 -able 後，其重音的位置會不會向前移呢？答案是：會。

pref·e·ra·ble 讀 /'prefərəbl/ ，很少讀成 /prɪ'fɜːrəbl/ 。

練　習

給英文生字注音，通常只需標示重讀的元音。這個問題解決了，整個字的讀音就不難決定。

下列字中，重讀的元音已用音標標示出來，試把字讀出：

/iː/	/e/	/æ/	/eɪ/	/æ/
strategic	ethnic	symptomatic	paganism	anachronism
/e/	/e/	/ɪ/	/e/	/æ/
demerit	reputable	discount (n)	severance	Manchester

答案：

stra·te·gic	eth·nic	symp·to·mat·ic	pa·gan·i·sm	a·nach·ron·i·sm
/strə'tiːdʒɪk/	/'eθnɪk/	/ˌsɪmptə'mætɪk/	/'peɪgənɪzəm/	/ə'nækrənɪzəm/
de·mer·it	rep·u·ta·ble	dis·count (n)	sev·e·rance	Man·ches·ter
/dɪ'merɪt/	/'repjʊtəbl/	/'dɪskaʊnt/	/'sevərəns/	/'mæntʃəstə/

Appendix V 怎樣記英文生字的拼寫法

要記得一個英文生字的拼寫法，最好先弄清楚其寫法跟讀音的關係，然後每日把字邊唸邊寫幾遍，直至記得為止。以後便會認得這個字；聽到讀音，亦能把字拼寫出來。

以下用一些例字來作說明，以顯示其拼法跟讀音的關係。

一、單音節字

單字	讀音	寫法跟讀音的關係
odd 奇怪的，古怪的	o dd │ │ /ɒ d/	• 在重讀的閉音節中，o 讀短音 /ɒ‖ɑ/； • dd 讀 /d/； • 由於 odd 是實義詞，所以不能拼寫成兩個字母的 *od。
whiz 飛馳而過，颼的一聲	wh i z │ │ │ /w ɪ z/	• 字頭的 wh，R.P. 口音的英國人讀成 /w/，美國人則讀成 /hw/； • 在重讀的閉音節中，i 讀短音 /ɪ/； • z 讀 /z/。
weird 奇特的，古怪的	w eir d │ │ │ /w ɪə d/	• w 讀 /w/； • weird 中的 eir，英國人讀成 /ɪə/，美國人則讀成 /ɪr/。weird 的讀音頗特別，需留意； • d 讀 /d/。

單字	讀音	寫法跟讀音的關係
debt 債	d e b t |		| /d e t/	• d 讀 /d/； • 在重讀的閉音節中，e 讀短音 /e/； • b 不發音，只用來表示其拉丁文前身有 b 的拼法； • t 讀 /t/。
seize 抓住	s ei z e |		| /s iː z /	• s 讀 /s/； • ei 讀 /iː/，如 receive, ceiling（注意：/iː/ 常拼作 ie，如 believe, thief）； • z 讀 /z/； • e 不發音，如 breeze, freeze。

二、雙音節字

單字	讀音	寫法跟讀音的關係
salmon 鮭	s a l m o n |				| /'s æ m ə n/	• salm 重讀成 /'sæm/，l 不發音； • on 輕讀成 /ən/； • salmon 的讀音頗特別，需留意。
estate 地產、屋	e s t a t e |				| /ɪ s 't eɪ t /	• 雙音節名詞的重音大都在首音節上，但 estate 屬例外。首音節 es 要輕讀，一般讀成 /ɪs/ 或 /əs/，只在正式場合才讀成 /es/； • tate 重讀成 /'teɪt/，正如 late 讀 /leɪt/。

單字	讀音	寫法跟讀音的關係
scissors 剪刀	s c i s·s or s | | | | | | /'s ɪ z ə z/	• scis 重讀成 /'sɪz/，c 不發音； • sors 輕讀成 /zəz/； • 留意 scissors 中間的 ss：scissors。
grammar 文法	g r a m·m ar | | | | | /'g r æ m ə/	• gram 重讀成 /'græm/； • mar 輕讀成 /mə/； • 留意 grammar 中間的 a…a：grammar，比較 grammatical。

三、多音節字

單字	讀音	寫法跟讀音的關係
embarrass 使（某人）尷尬、不安	e m b a r·r a ss | | | | | | | /ɪ m 'b æ r ə s/	• em 輕讀成 /ɪm/ 或 /em/； • barr 重讀成 /'bær/； • ass 輕讀成 /əs/； • 留意 embarrass 的元音字母 e..a..a：embarrass； • 留意 embarrass 中間的 rr..ss：embarrass。
ambassador 大使	a m b a s·s a d or | | | | | | | | /æ m 'b æ s ə d ə/	•am 讀 /æm/，接近次重音； •bas 重讀成 /'bæs/； •sa 輕讀成 /sə/； •dor 輕讀成 /də/； •留意 ambassador 的元音字母 a..a..a..o：ambassador； •留意 ambassador 中間的 ss：ambassador； •大使館的寫法卻是 embassy /'embəsɪ/。

單字	讀音	寫法跟讀音的關係
accommodate 供住宿，容納	a c·c o m·m o d a t e /ə 'k ɒ m ə deɪ t /	• ac 輕讀成 /ək/； • com 重讀成 /'kɒm‖kɑm/； • mo 輕讀成 /mə/； • date 讀次重音 /deɪt/； • 留意 accommodate 的元音字母 a..o..o..a：accommodate； • 留意 accommodate 中間的 cc..mm：accommodate。
indispensable 不可缺少的	i n d i s p e n s a b l e /ˌɪ n d ɪ s p e n s ə b l /	• in 讀次重音 /ˌɪn/； • dis 輕讀成 /dɪs/； • pen 重讀成 /'pen/； • sa 輕讀成 /sə/； • ble 輕讀成 /bl/； • 留意字尾是 -able，不是 -ible。
reversible 可翻過來穿的	r e v er s i b l e /r ɪ 'v ɜː s ə b l /	• re 輕讀成 /rɪ/； • ver 重讀成 /'vɜː/； • si 輕讀成 /sə/； • ble 輕讀成 /bl/； • 留意字尾是 -ible，不是 -able。

練　習

試用本附錄首段所建議的方法，學習上述例字的拼寫法。

結　語

讀者在看完這本書後，對英語語音和英文拼寫法應該有了最基本的認識，但有兩點要注意：

（一）英文單字的讀音，只是口語英語的一小部份。一般對話的口語英語還包括口語語法、句調、輕重音、節奏、談話的速率、靜默、音量大小、時間的配合、身體各部份的活動、談話時的情況等。字的發音準確、清晰固然重要，但口語英語其他成份亦是需要學習的，所以最好能夠徹底實行第一章所提供有關掌握口語英語的方法。

（二）英文單字的拼寫法，在書面英語裏亦只是佔一個很小的位置。書面英語還包括書面語的語法、標點符號及大、小寫字母的運用、分段、格式、甚至圖表、標題、注腳的使用等。雖然英語人士非常重視英文字的拼寫，但英語寫作其實還包含上述其他同等重要或更重要的成份。在學習寫作方面，泛讀（extensive reading）、精讀（intensive reading）、多思考和多寫作是必須的，要徹底實行。

後　記

本書是筆者多年教學之餘，利用暑假比較集中的時間，把自己的思想、知識和經驗，整理出來。這本書能夠定稿，我要謝謝內子對全部手稿的評閱、陳萬雄兄給我鼓勵，以及江先聲博士審稿時給我寶貴意見，並提供一些有關普通話與英語發音上的異同的例證，使本書更為生色。

練習與思考答案

第一章　如何掌握英語的讀音

1.

RTHK Radio 3

05:00	Night Music
06:30	Hong Kong Today (News)
08:00	Money Talk
08:30	Backchat
09:30	Morning Brew
13:00	News at One
13:15	1 2 3 Show
15:00	Steve James
18:00	Newswrap
19:00	Peter King
21:00	Teen Time
22:00	All the Way with Ray
23:00	News at Eleven
23:30	All the Way with Ray
01:00	Night Music

BBC Radio 4

EARLY	
00:00	Midnight News
00:30	Book of the Week
MORNING	
06:00	Today (News)
10:00	Woman's Hour
AFTERNOON	
12:00	News Summary
16:00	Thinking Allowed
EVENING	
18:00	Six O'Clock News
20:00	Moral Maze
LATE	
00:00	Midnight News
00:30	Book of the Week

2.

時間 \ 電台		RTHK 第三台	BBC 第四台
AM	5:00		
	5:30		
	6:00		✓
	6:30	✓	
	7:00		
	7:30		
	8:00		
	8:30		
	9:00		
	9:30		
	10:00		
	10:30		
	11:00		
	11:30		
	12:00		✓
PM	12:30		
	1:00	✓	

第二章　國際音標的原理及英語的語音

一、

1.	seat	sit	peek/peak	pick	seek	sick
2.	jam	gem	dad	dead	sad	set
3.	hard	love	heart	gun	mask	fun
4.	store	top	talk	sob	fault	sock

5.	school	would/wood	food	foot	pool	cook
6.	chess	major	child	suggest	chick	gauge
7.	think	these	thing	soothe	thief	with
8.	sheet	leisure	shine	usual	shoot	beige

二、

see	give	ten	back	calm
stop	all	book	too/to/two	up
bird	ago	late	go	five
now	boy	deer/dear	wear/where	tour
put	bee	take	do	come
glass	my	no/know	bring	wait/weight
dive	very	thin	then	rose
yes	hat	sow/sew/so	zinc	shut
pleasure	like	tell	church	judge

三、

bi:d	bɪd	bed	bæd
bɑ:d	bɒd	bɔ:d	bʊk
bu:d	bʌd	bɜ:d	'kʌbəd
beɪd	bəʊd	baɪd	baʊd
bɔɪd	bɪəd	beəd	kjʊəd
pi:	bi:	ti:	di:p
ki:p	gi:s	tʃi:p	dʒi:p
fi:	vi:l	θi:f	ði:

siː	ziːl	ʃiːp	'vɪʒən
hiːp	miːt	niː	siːɪŋ
liː	triː	jiːst	wiːp

四、

答案（英文字）

Across 橫

1. market
4. agreed
7. edit
8. leopard
9. Edward
10. Iran
11. sorting
13. didst
17. at
18. tooth
19. slowly
21. row (/raʊ/)
22. joyful
23. need
25. sick
26. ached
27. taught
28. tries

Down 縱

1. melts
2. carpet
3. tedding
4. attend
5. reward
6. didn't
12. oral
14. intellect
15. See-through
16. stiffest
19. Sunday（Sunday 在詞組或句末唸 /'sʌndeɪ/，但在緊密的詞組中間，如 Sunday morning 則唸 /'sʌndɪ/。）
20. Egypt
24. these

答案（英語音標）

[1]m	ɑː	[2]k	ɪ	[3]t			[4]ə	g	[5]r	iː	[6]d
e		ɑː		[7]e	d	ɪ	t		ɪ		ɪ
[8]l	e	p	ə	d			[9]e	d	w	ə	d
t		ɪ		[10]ɪ	r	ɑː	n		ɔː		n
[11]s	[12]ɔː	t	ɪ	ŋ			[13]d	[14]ɪ	d	[15]s	t
	r					[16]s		n		iː	
	ə				[17]ə	t		[18]t	uː	θ	
[19]s	l	əʊ	l	[20]ɪ		ɪ		ə		[21]r	aʊ
ʌ				[22]dʒ	ɔɪ	f	ə/ʊ	l		uː	
[23]n	iː	d		ɪ		ɪ		e			[24]ð
d				p		[25]s	ɪ	k			iː
[26]eɪ	k	t		[27]t	ɔː	t		[28]t	r	ai	z

第三章　英文的拼寫法

一、

1. A	2. A	3. C	4. B	5. D
6. B	7. B	8. A	9. A	10. C
11. B	12. A	13. C	14. C	15. C
16. D	17. D	18. C	19. C	20. B

二、

1. A	2. B	3. A	4. B	5. B
6. A	7. B	8. A	9. A	10. A
11. A	12. B	13. A	14. B	15. A
16. A	17. A	18. B	19. A	20. B

三、

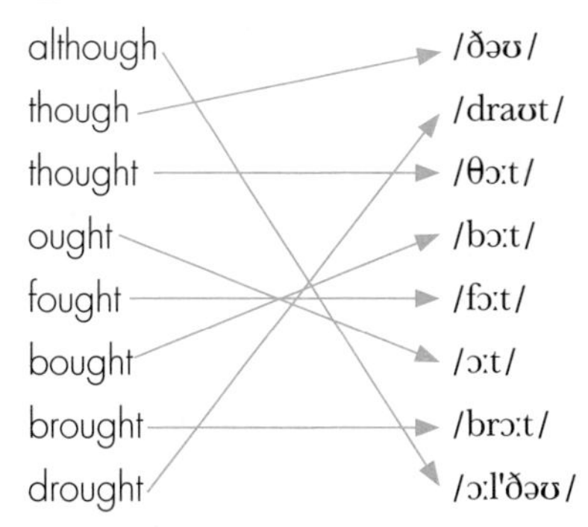

四、

1. *studing 唸 /'stʌdɪŋ/ 或 /'stjuːdɪŋ/，而 studying 則唸 /'stʌdɪɪŋ/，兩個讀音是不同的。

2. *bady 唸 /'beɪdɪ/，與 lady 同韻。

3. quite 唸 /kwaɪt/：qu 唸 /kw/，i 唸 /aɪ/，而 te 唸 /t/；

   quiet 唸 /'kwaɪət/：qu 唸 /kw/，i 唸 /aɪ/，而 et 唸 /ət/。

4. *clam 唸 /klæm/，與 /slam/ 同韻，跟 /kɑːm/ 的讀音不同。

5. 前者的現象叫同字異音，而後者的現象叫同音異寫。同音異寫較同字異音普遍，因為文字着重在視覺上區分同音語詞。

6. /riːd/ 可以寫作 read 和 reed，而 read 可唸 /riːd/ 或 /red/。

7. Sony 可唸 /'səʊnɪ/。

第四章　英語音素與字母的關係

1. /ə/ 元音音素有最多的元音字母表示方式，共有十一個，計：a、e、i、o、u、ar、er、or、ou、our、ure。

/aʊ/、/ɔɪ/、/ʊə/ 有最少的元音字母表示方式，只有兩個。

2. /ʃ/ 有最多的字母表示方式，共有十個，計為：sh、ch、sch、s、ss、ti、si、sci、ci、ce。

/θ/ 只有 th 一個字母表示方式。

第五章　英文字母與音素的關係

1. 英文字母 u 和 ou/ow 有很多的讀音，而 eer、ier 和 uy 卻只有一種讀音。

2. 在輔音字母當中，c 可以表示 /k, s, tʃ, Ø/ 四個音素（包括不讀出聲），而 s 可以表示 /s, z, ʃ, ʒ, Ø/ 五個音素。只表示一個音素的輔音字母有 bb、字尾的 ce、ck、ff、字尾的 gue、ll、mm、rr、tt、v、y。